L'étranger des Carpathes

TITRE ORIGINAL : « Der Fremde »
(tiré de *Erzählungen und Novellen*, Carl Focke, Leipzig, 1844)

ISBN 9782859209704
DÉPÔT LÉGAL : OCTOBRE 2013
Imprimé par France Quercy à Mercuès

www.castorastral.com

Karl von Wachsmann

L'ÉTRANGER DES CARPATHES

traduit de l'allemand
sous la direction de Dominique Bordes
et Pierre Moquet

Le Castor Astral

Erzählungen und Novellen

von

C. von Wachsmann.

Dritte Folge.

Siebenter Band.

Leipzig, 1844.
Verlag von Carl Focke.

LE LIVRE QUE DRACULA A VAMPIRISÉ

En 1844, l'Allemand Karl von Wachsmann publie une histoire de vampires dans son recueil *Erzählungen und Novellen*, sous le titre « Der Fremde ». Si elle peut aujourd'hui paraître riche en clichés (le château hanté, les loups, la brume, les morsures…), il faut garder à l'esprit qu'elle a été écrite un demi-siècle avant que Bram Stoker ne pose les premiers mots de *Dracula*. Ce texte, que nous proposons pour la première fois en langue française sous le titre *L'étranger des Carpathes*, se place aux côtés du *Vampire* de Polidori et de *La Morte amoureuse* de Gauthier, et constitue le creuset de la littérature vampirique. Cent cinquante ans avant que Stephenie Meyer ne propose les romances adolescentes de *Twilight*, Karl von Wachsmann campe Franziska, jeune femme impétueuse aux amours contrariées et non consommées : la littérature sentimentale fantastique est en germe. Woislaw, le fier soldat doté d'une main mécanique incarne, lui, un van Helsing qui disposerait d'équipements technologiques de pointe. Klatka, le noble déchu, séducteur irrésistible, capable de parler d'or comme de cracher du venin, est un Dracula avant l'heure. Mais la liste des similitudes entre *Dracula* et *L'étranger des Carpathes* est encore plus troublante : 1. Le vampire, Azzo von Klatka, est noble. 2. Il séduit Franziska grâce à un magnétisme inexplicable. 3. Il fait montre d'une force surhumaine. 4. Il commande aux loups. 5. Il peut se changer en brouillard. 6. Il doit être invité pour pouvoir pénétrer dans une demeure. 7. Il dort dans un cercueil durant tout le jour. 8. Franziska dépérit comme Mina Haker. 9. Elle a une plaie à la gorge. Pendant des années, l'évidence de ces points communs et l'impossibilité de retrouver la trace du texte original firent que certains spécialistes ne purent croire qu'à un faux, à une supercherie. De récentes recherches bibliographiques (menées par les auteurs de *La Petite encyclopédie des vampires*) ont permis la découverte de l'original allemand de ce texte fondateur, qui se place directement auprès de *Carmilla* et d'*Entretien avec un vampire* au panthéon de la littérature vampirique.

KARL ADOLF VON WACHSMANN

Karl (ou Carl) Adolf von Wachsmann naît à Grünberg, en Silésie, le 27 septembre 1787, et meurt à Desde le 28 août 1862. Après avoir suivi une éducation scientifique à Breslau, il entre dans l'armée à l'âge de 15 ans pour y rester près de dix années. Fin 1811, il se marie avec une cousine en Silésie. Dès 1824, von Wachsmann collabore à plusieurs journaux : *Gesellschafter* (« L'Homme du monde ») ; *Abendzeitung* (« Le Journal du soir ») ; *Zeitung für die elegante Welt* (« Journal du monde élégant »). Les années suivantes, il travaille pour une douzaine de revues. En 1837, il fonde la série « Lilien. Taschenbuch historisch-romantischer Erzählungen » (« Fleurs de lis. Récits historico-romantiques en fascicules »), publiés en 1838-48 et 1850. Parallèlement, il débute dès 1830 une édition complète de ses *Erzählungen und Novellen*, *(Récits et nouvelles)*, dont est issu « Der Fremde », (« L'Étranger des Carpathes »). Quatre-vingt-treize de ces récits paraissent, en trente-sept volumes, jusqu'en 1849. Ces nouvelles rencontrent un vaste public et témoignent du fait que, selon l'auteur Karl Goedeke, « Wachsmann s'y entendait à composer des scènes romantiques sur un arrière-plan historique, et savait attirer et captiver en utilisant habilement les lieux et costumes originaux. » Goedeke ajoute même qu'il voit en Wachsmann, « un conteur (...) facile à comprendre, varié, plein d'invention ordinaire, à la fécondité presque inépuisable »†.

† Franz Brümmer, « Karl Adolf von Wachsmann », *Allgemeine Deutsche Biographie* (*Biographie allemande générale*), 1896.

« Mourir ? Dormir ? Rêver peut-être ?
– Oui, telle est la question ! »
William Shakespeare, *Hamlet*

La bora, ce terrible vent de nord-ouest qui creuse et soulève les eaux de la sauvage Adriatique, qui devient alors si dangereuse pour le marin, soufflait avec rage au-dessus du karst, secouant les branches des vieux chênes noueux dans les montagnes de Carniole. Une compagnie de cinq voyageurs escortant une chaise de poste tirée par deux mulets s'engageait sur un sentier forestier qui offrait quelque protection contre les tempêtes d'avril, leur permettant de se reposer un peu. La nuit tombait dans un froid obscur, et, par moments, se formaient même de gros flocons de neige.

Un homme âgé, grand et de belle allure, menait la troupe à cheval ; c'était le comte de Fahnenberg, originaire de Haute-Autriche. Il avait hérité de son frère, mort sans descendance, une importante seigneurie dans les montagnes de Carniole ; il était donc en chemin pour en prendre possession. Sa fille Franziska et une nièce âgée de vingt ans, sans fortune, qu'il avait recueillie et élevée, l'accompagnaient. Apparemment, le comte ne connaissait pas plus la région qu'il ne s'était soucié de ses particularités climatiques. Il n'était pas très proche de son frère – c'était d'ailleurs la première fois qu'il se rendait sur ses terres –, et si le défunt ne l'avait pas écarté de son héritage, c'est uniquement parce que des testaments familiaux antérieurs lui avaient ôté cette possibilité.

À côté du comte chevauchait un beau jeune homme d'une vingtaine d'années : le baron Franz von Kronstein. Il portait, tout comme lui, un chapeau à large bord orné d'une plume tombante, un justaucorps de cuir et de larges bottes cavalières ; bref, la tenue de voyage à la mode en ce début du XVIIe siècle, même si le baron avait jeté sur ses épaules un manteau doublé et bordé de fourrure. Ses traits lui donnaient l'image de quelqu'un de franc, d'aimable et capable d'esprit. Mais malgré l'éclat de la jeunesse, ils étaient aussi empreints d'une mollesse rêveuse, pleine d'une sensibilité qui écartait toute ardeur juvénile ou audace aventureuse.

Au moment où le cortège entrait dans la forêt de chênes, le jeune homme, qui trottait près de la porte de la chaise de poste, s'entretenait plaisamment avec les deux dames assises à l'intérieur. L'une d'elles – et c'était à elle que le baron s'adressait le plus souvent – était d'une beauté éblouissante. Sa chevelure tombait en boucles délicates et naturelles autour de l'ovale exquis de son visage ; ses yeux étincelants trahissaient l'acuité de son esprit, la vivacité de son imagination, ainsi qu'une certaine exaltation. Franziska von Fahnenberg semblait ignorer le jeune homme qui la questionnait inlassablement sur son état de santé au cours de ce pénible voyage ; elle lui répondait brièvement, d'un ton plutôt sarcastique. Elle finit même par déclarer que n'eût été la bienséance, et si son père n'avait rien eu à y redire, elle aurait depuis longtemps prié son interlocuteur de changer de place avec elle, puisqu'il semblait tant souffrir du climat. Elle trouverait en effet bien plus amusant de bondir au milieu des tempêtes sur un fougueux cheval à la robe isabelle, bravant la bora, plutôt que d'être traînée par monts et par vaux dans cette abominable cage – c'est ainsi qu'elle appelait son véhicule – tractée par des bourricots paresseux, contrainte de subir le supplice de l'ennui. Ces mots, et plus encore le ton las, voire méprisant, sur lequel ils furent prononcés, semblèrent toucher le jeune homme. L'autre demoiselle assise tenta aimablement de le rasséréner, mais la manière dont Franz lui répondit prouva à quel point il était blessé.

« Il semble néanmoins, chère Franziska, reprit-il malgré tout, que les conditions de ce voyage vous affectent plus que vous ne voulez l'avouer. D'ordinaire pleine de bonté envers chacun, vous vous montrez à présent de méchante humeur à l'égard de votre serviteur et cousin, qui supporterait avec joie le triple de désagréments s'il pouvait ainsi vous les épargner. »

Au moment où Franziska allait rétorquer d'une plaisanterie cruelle, comme le suggérait l'expression de son visage, la voix forte du comte retentit pour appeler son neveu, et celui-ci bondit en tête de cortège.

« J'ai bien envie de te gronder, Franziska, lui souffla sa cousine avec agacement. Tu ne cesses de tourmenter ce pauvre Franz, de l'effrayer, de lui reprocher une chose ou une autre, alors qu'il t'aime tant ! Et tu peux bien dire ce que tu veux, il sera un jour ton époux.

— Mon époux ? s'indigna Franziska. Avant que cela ne se produise, il faudra que je change du tout au tout ! Ou que ce soit lui ! Non, Bertha. Je ne nie pas que l'on puisse trouver des qualités à mon cousin – ni qu'il puisse réellement en disposer, car je vois bien tes grimaces devant mes réserves –, et je sais aussi que le vœu le plus cher de mon père est de nous unir. Mais épouser un homme efféminé… Jamais.

— Efféminé ? Tu es injuste ! répondit son amie. Certes, il ne s'est pas engagé dans cette guerre contre les Turcs, dont jusqu'à présent nous n'avons pas tiré grande gloire. Il a préféré obéir à ton père, en restant à la maison pour s'occuper de son patrimoine en ruine. Il l'a fait avec soin et discernement. Il n'a pas tout misé sur un fantasme exalté, du genre qui pousse certains à vouloir remettre la croix sur l'église Sainte-Sophie, et il n'affirme pas non plus que la bora rugissante est un doux zéphyr. C'est cela que tu appelles efféminé ?

— Tu peux dire ce que tu veux, c'est comme ça ! s'obstina Franziska. Audacieux, entreprenant, voire ombrageux et autoritaire, voilà comment doit être l'homme qui me plaira ! Ces natures gentilles, prudentes, douces et soumises ne sont pas de mon goût. Franz est-il capable de passion, bonne ou mauvaise ? Toujours d'humeur égale, toujours calme, toujours doux... et toujours ennuyeux.

— Il a du cœur et ne manque pas d'esprit, observa Bertha.

— Du cœur ? Cela se peut, concéda Franziska, bien que j'aime mieux être un peu tyrannisée et dominée par mon futur époux que d'être aimée de si lassante façon. Et de l'esprit ? Je ne veux pas te contredire sur tous les points – par pure gentillesse –, mais s'il en a, cela ne se remarque guère. Toutefois, même si tu avais raison sur ces deux points, il n'en reste pas moins qu'une personne qui ne traduit pas ses qualités en actes est une créature pitoyable. On peut pardonner à un homme ses erreurs et même ses crimes – à condition qu'ils ne soient pas contre l'honneur – s'il les a commis pour ses idées, ou pour ses croyances ! Vois par exemple ton fidèle admirateur, le châtelain de Glogau, sire de Woislaw. Il t'aime de tout son cœur et serait en mesure de t'offrir dès maintenant une position satisfaisante. Ce brave homme a perdu sa main droite, ce qui constitue une raison suffisante pour rester tranquillement assis près du poêle dans son vieux château, ou à côté du rouet de sa Bertha, et que fait-il ? Il marche sur Buda avec les troupes levées en Silésie contre les Turcs ! Il combat pour une idée, il y engage ce qu'il a de plus cher...

— Et se fera trancher l'autre main, ou taillader à nouveau le visage, la coupa son amie.

— … et laissera sa bien-aimée pleurer et bouder un peu, enchaîna Franziska, mais reviendra couvert de gloire, l'épousera, et sera d'autant plus aimé et respecté. C'est ainsi que se comporte un homme de quarante ans, c'est ainsi que se comporte un guerrier qui n'a pas été éduqué à la cour, c'est ainsi que se comporte un soldat qui ne possède rien que son manteau de chevalier et son épée. Et puis… Franz… Franz ! Plus un mot là-dessus, Bertha, si tu m'aimes. »

Franziska se rencogna dans son siège et ferma les yeux comme si, accablée de fatigue, elle essayait de dormir.

Le comte s'approcha du guide de l'expédition, un vieil homme coiffé d'un bonnet de fourrure, vêtu d'un manteau en peau de mouton hirsute au cuir retourné rugueux.

« Ce vent du diable, demanda-t-il, est donc si terrible qu'il nous oblige à faire un détour par cette forêt ?

— Quiconque n'a jamais affronté la bora en traversant le karst, de Sessano à Trieste, ne peut imaginer sa force, répondit le vieux. Quand elle se lève, elle balaye la neige par larges nuées au ras du sol. Ce n'est que le début ; on ne se doute pas de la suite. Ces nuées montent de plus en plus haut à mesure que le vent forcit. Alors, il se déchaîne jusqu'à ce que l'on ne voie plus qu'une masse de neige, qui se mêle parfois à du sable. Et lorsque cette matière confuse emplit entièrement l'atmosphère, on ne peut plus ouvrir les yeux. Celui qui le ferait, au risque de perdre la vue, ne serait pas plus avancé : il ne distinguerait rien à plus de trois pas et serait comme étourdi. La seule chose à faire, c'est de s'envelopper dans son manteau, se coucher sur le sol et se laisser recouvrir par la neige. Même si l'on connaît bien la région, même à une centaine de pas de chez soi, on risque la mort, car la tempête vous prive de tous vos esprits.

— Eh bien, il semblerait que tu aies gagné notre reconnaissance, vieillard, en nous protégeant de son courroux ! », dit le comte en souriant, mais il ne put se faire comprendre qu'avec peine, car le vent se déchaînait avec une violence inouïe, faisant craquer et grincer les branches des vieux chênes sous lesquels ils chevauchaient. Il poursuivit pourtant : « Sois donc remercié de ce détour d'une heure que tu nous fais faire, puisque tu nous conduiras ainsi à destination sains et saufs.

— Soyez-en sûr, messire, dit le vieux. Nous serons arrivés avant minuit, et sans courir aucun risque, à moins que… »

Le vieillard suspendit brusquement son discours en serrant machinalement la bride à sa monture, comme s'il tendait l'oreille.

« On dirait, intervint Franz von Kronstein, que nous sommes à proximité d'un village, car il me semble qu'au milieu du vacarme de la tempête, j'entends un chien hurler au loin.

— Pas un chien… pas un chien… », marmonna le vieillard.

Il était devenu nerveux et cravachait son cheval. Il reprit, plus fort : « Il n'y a pas la moindre habitation à des lieues à la ronde dans cette montagne, et il est probable que nul n'ait habité cette forêt depuis la création du monde ! Sauf dans le château de Klatka, mais celui-ci est abandonné depuis plus de… Chut ! Encore ?! » Il se tut à nouveau, dressant l'oreille. « Je m'en doutais…

— Ces aboiements semblent t'inquiéter, vieux compagnon », remarqua le comte.

Un hurlement rauque et traînant monta dans les airs. Un autre lui répondit au loin, de façon plus distincte.

« Ce ne sont pas des chiens, rectifia le vieux avec effroi. Ce sont des *loups des roseaux*, et ils sont peut-être sur notre piste. Il serait bon que ces messieurs tiennent leurs mousquetons prêts à tirer.

— Des loups des roseaux ? Qu'entends-tu par là ? demanda Franz.

— À la lisière de la forêt, expliqua le vieux, il y a un lac, long d'une lieue, dont les rives sont bordées de roseaux. Des hordes de loups y vivent et s'y nourrissent de gibier d'eau et de poisson. Ils sont plutôt farouches, et en été, un petit garçon les mettrait facilement en fuite. Toutefois, lorsque le gibier d'eau émigre, et que le lac est gelé, ils se déplacent la nuit et deviennent dangereux. Mais c'est quand la bora souffle, comme elle le fait en ce moment même, qu'ils sont les pires. C'est comme si le diable prenait alors possession de ces bêtes pour les changer en fauves : ils deviennent si sauvages et si enragés qu'ils s'attaquent au bétail et aux hommes. Et comme ils chassent en meutes, on les a déjà vus combattre des ours… et avoir le dessus. »

À présent, les hurlements provenaient distinctement de deux endroits différents. Les cavaliers saisirent leurs pistolets, et le vieux s'empara d'un épieu attaché à sa selle.

« Nous devons rester groupés. Les loups sont tout proches », chuchota-t-il.

Les hommes firent tourner bride à leurs chevaux, prirent position autour de la chaise de poste, et le comte informa les dames de la situation en quelques mots rassurants.

« Enfin de l'aventure ! s'exclama Franziska en riant.

— Comment peux-tu dire une chose pareille ! répondit Bertha, paniquée.

— Ne sommes-nous pas sous protection masculine ? Notre cousin Franz n'est-il pas à nos côtés ? railla Franziska.

— Là-bas ! Une lumière entre les branches ! Et là, encore une ! s'écria Bertha, reprenant courage. Nous ne sommes pas seuls.

— Non, non ! s'écria vivement le vieux Carniolain. Fermez la porte, mesdemoiselles ! Armez vos fusils, messieurs ! Restons groupés ! Ces lumières que vous voyez là-bas, ce sont les yeux des loups… »

Les hommes scrutèrent l'épais sous-bois où apparaissaient de petits points luisants, qu'en été on aurait pu prendre pour des lucioles. C'était la même lueur vert pâle, mais qui ne bougeait pas, et ces petites flammes allaient toujours par deux. Les chevaux étaient de plus en plus nerveux, se cabrant et tirant sur les rênes. Seuls les mulets restaient calmes.

« Je vais faire feu, ils prendront bien la fuite, annonça Franz, visant un regroupement de ces lueurs, où les fourrés bruissaient et craquaient.

— N'en faites rien, baron ! intervint le Carniolain en arrêtant le bras du jeune homme. La détonation attirerait tellement de créatures que, encouragées par leur nombre, elles ne manqueraient pas de nous attaquer. Mais restez sur vos gardes ; si une vieille louve bondit – ce sont toujours elles qui lancent l'assaut –, alors ajustez votre tir et fracassez-lui le crâne. Il n'y aura alors plus à hésiter. »

Les chevaux devenaient fous ; la monture de l'un des valets martelait le sol et se cabrait sans arrêt. La peur gagnait désormais les mulets qui se mirent à s'agiter, et tandis que Franz s'approchait de la chaise de poste, un animal de la taille d'un grand chien de chasse bondit hors d'un fourré sur le mulet de tête.

« Tirez, chevalier ! Tirez ! », hurla le vieux guide.

L'animal avait surgi à côté du jeune homme ; celui-ci tira sans réfléchir. La bête s'effondra. Un hurlement effroyable s'éleva depuis les fourrés alentour.

« Et maintenant, en avant ! Au galop ! ordonna le vieux Carniolain. Nous avons quelques minutes avant que ces monstres ne mettent la louve blessée en pièces et ne l'engloutissent. Cela nous donnera une bonne avance, et dans une heure nous serons à la lisière de la forêt. Une fois là-bas, à hauteur du vieux château en ruines de Klatka, là où l'on peut voir la lune en train de se lever, la forêt s'éclaircira. »

Les voyageurs continuèrent leur route le plus rapidement possible. Mais si les chevaux se hâtaient, le véhicule les retardait. Mademoiselle Bertha pleurait de frayeur et Franziska, ayant perdu de sa superbe, demeurait silencieuse, tandis que Franz tentait de la rassurer. Ils avancèrent ainsi quelques minutes, mais ils furent bientôt rattrapés par les hurlements.

« Les revoilà, plus nombreux et plus enragés que jamais ! », s'écria le guide avec effroi.

Les buissons alentour se peuplaient de ces petites flammes vertes, qui s'étaient multipliées. Maintenant que la forêt était moins épaisse, que la lune était haut dans le ciel et que la tempête s'était apaisée, on voyait nettement entre les vieux chênes les ombres de ces créatures qui avançaient en meute, à quelques pas derrière les chevaux des voyageurs. De temps en temps jaillissait un hurlement rauque, auquel semblait répondre le chœur tout entier, puis des voix isolées, au loin.

La compagnie se trouvait maintenant tout près du château abandonné dont avait parlé le vieil homme. À la lumière de la lune, ces ruines paraissaient imposantes : à côté de l'édifice principal, plutôt bien conservé, se devinaient les vestiges d'une église qui, jadis, avait sans doute été prestigieuse. Le clocher de l'église, tout comme la toiture du château, étaient à demi effondrés. À l'intersection du chemin qui y menait et du sentier emprunté par les voyageurs, se dressait un chêne noir centenaire.

Le vieux guide semblait particulièrement soucieux.

« Nous sommes en grand danger, monsieur le comte, exposa-t-il. Les loups vont bientôt tenter une attaque qui ne laissera personne indemne. Il y aurait bien un moyen de nous protéger... prenons les demoiselles sur les chevaux et abandonnons les mulets aux loups.

— Ton conseil serait bon si nous n'avions devant nous une autre solution, objecta le comte. Entrons dans les ruines du château. Nous occuperons le porche, abriterons les chevaux dans le bâtiment et attendrons jusqu'au matin.

— Ici ?! Dans les ruines de Klatka ?! Pas pour tous les loups de la terre ! s'exclama le vieil homme. Même à la lumière du jour, personne n'ose s'approcher de cet édifice. Alors, en pleine nuit ! Ce château, messire comte, est très mal famé.

— À cause des brigands ? demanda Franz.

— Non, non. Il y règne une atmosphère... maléfique, dit l'autre dans un souffle.

— Sornettes ! s'écria le comte. Allons-y, nous n'avons perdu que trop de temps. »

Ce qui était en effet le cas, les bêtes n'étant plus qu'à quelques pas. Soudain, alors que la compagnie était sur le point d'emprunter la route menant aux ruines, les loups semblèrent comprendre que leurs proies pourraient leur échapper et s'approchèrent si près qu'on aurait pu les atteindre d'un coup d'épée. Le comte et Franz firent tourner bride à leurs chevaux, pour affronter les fauves, quand soudain, un homme sortit de l'ombre du vieux chêne. Il fit deux pas et se posta entre les voyageurs et leurs assaillants.

Malgré la pénombre, on pouvait entrevoir sa haute et forte stature, l'épée qu'il portait au côté et, sur sa tête, un chapeau à large bord. La surprise des voyageurs devant cette apparition se mua en incrédulité lorsqu'ils virent les loups suspendre aussitôt leur offensive. L'inconnu leva alors la main comme pour un salut. Les bêtes se dispersèrent en poussant des glapissements pathétiques pour regagner la forêt. Sans un regard sur l'assemblée muette de stupéfaction, l'inconnu remonta le chemin qui menait au château, sur quoi il disparut par la poterne.

« Dieu nous protège ! marmonna le vieux Carniolain en faisant un signe de croix.

— Qui était cet homme ? », demanda le comte, ébahi, tandis qu'ils reprenaient leur route.

Le vieux guide fit comme s'il n'avait pas entendu la question. Il se dirigea vers les mulets pour s'occuper de leurs harnais qui, prétextait-il, s'étaient sans doute défaits pendant la fuite. Lorsqu'il rejoignit les cavaliers, il s'était écoulé plus d'un quart d'heure.

« Connais-tu cet homme qui nous a débarrassés si miraculeusement de nos poursuivants à quatre pattes ? lui demanda Franz.

— Si je le connais ? Non, monsieur le chevalier ! C'est la première fois de ma vie que je le vois ! assura le Carniolain, d'une voix tremblante.

— On aurait dit un soldat, et il était armé, observa le comte. Le château est-il habité ?

— Pas depuis cent ans ! Il a été détruit, le seigneur de l'époque ayant fait cause commune avec des bandes turques et slavonnes qui sillonnaient le pays jusque dans cette région. Ou du moins, se corrigea-t-il rapidement, c'est ce qu'on prétend, car il s'agissait peut-être bien d'un brave et honnête mangeur de fromage rôti au beurre, comme tout bon Carniolain !

— Mais à qui appartiennent cette partie de forêt ainsi que ces ruines ? s'enquit le comte.

— Hé bien, à personne d'autre qu'à Votre Grâce ! répliqua le guide. Il y a plus de deux heures que nous sommes sur vos terres, et nous serons bientôt à la lisière de la forêt. »

Après un long silence, le comte fit remarquer : « On ne voit ni n'entend plus aucun de ces loups ! Je n'arrive toujours pas à comprendre ce qui s'est passé avec cet inconnu. Même à supposer qu'il s'agisse d'un chasseur...

— Oui, oui, un chasseur ! C'est sûrement cela, approuva le vieux avec empressement, tout en jetant autour de lui des regards furtifs et inquiets. Cet homme qui nous a secourus était sûrement un chasseur, comme il y en a de courageux et de braves dans la région. Parmi eux, certains sont même exceptionnels ! Mais Dieu soit loué, ajouta-t-il avec soulagement, voilà la limite de la forêt. La lune brille déjà à travers les troncs, et dans une petite heure nous serons à destination. »

Et effectivement, avant même qu'une heure se fut écoulée, ils traversaient le chef-lieu de la seigneurie – un joli village plutôt bien bâti – et se dirigeaient vers le château de style ancien, aux fenêtres somptueusement éclairées. À sa porte, l'intendant principal, ainsi que les autres serviteurs, accueillirent avec solennité le nouveau seigneur, et le conduisirent à travers les salles aménagées avec faste.

Presque quatre semaines s'écoulèrent avant qu'on ne reparle de cette aventure. Le comte et Franz étaient tellement occupés à faire l'inventaire du vaste domaine et à l'aménager à la mode allemande – ainsi que le souhaitait le comte –, que les deux hommes ne passaient que peu de temps à la maison. Au début, Franziska se plut énormément dans ce cadre qui lui était totalement nouveau et pittoresque. Tout semblait si romanesque à ses yeux, si différent de sa patrie, qu'elle y prenait le plus grand intérêt. Elle se livrait à maintes comparaisons qui, toutes, tournaient au désavantage de l'Allemagne. Le plus souvent, Bertha était d'un avis tout à fait opposé. Elle moquait la fantaisie de son amie : il fallait un goût prononcé de l'insolite et de l'exotique pour préférer aux chaumières confortables ces habitations aux murs noirs de suie, où la fumée sortait non par la cheminée, mais par la porte et les fenêtres ! Et pour préférer aux paysans allemands ces autochtones aux mœurs et aux coutumes grossières, presque aussi sales que leurs maisons ! Mais Franziska n'en démordait pas : en Allemagne tout était banal, ordinaire et sans intérêt, et un rude Carniolain emmitouflé dans sa peau de mouton, ou un Morlaque en manteau de feutre, avait dix fois plus d'attrait qu'un sujet de Haute-Autriche endimanché, tranquille et apathique, dont la vue suffisait à la faire périr d'ennui.

Une fois les aménagements du domaine achevés, la compagnie se trouva plus régulièrement réunie. Comme avant, Franz se montra galant envers sa cousine qu'il aimait passionnément en secret. Celle-ci ne le payait guère de retour et, comme avant, se servait de lui comme d'un exutoire à la mauvaise humeur qui la gagnait à mesure qu'elle s'habituait à la vie en ces lieux. On entreprit diverses promenades dans les environs, mais on abandonna bientôt l'idée ; ces régions, extrêmement frustes à l'époque, étaient peu fréquentées par les propriétaires de grands domaines.

Un jour, alors qu'ils étaient tous rassemblés dans la grande salle de réception après avoir achevé le déjeuner, ils se concertèrent sur la manière d'occuper l'après-midi.

« J'ai trouvé ! s'exclama soudain Franziska. Et je m'étonne qu'aucun d'entre nous n'ait eu plus tôt l'idée d'aller voir en plein jour les lieux de notre mésaventure nocturne, celle de notre arrivée, avec les loups et le mystérieux étranger !

— Tu veux dire une visite des ruines… comment s'appellent-elles déjà ? demanda le comte.

— Klatka ! Le château de Klatka ! clama aussitôt

Franziska. Bien sûr, c'est là qu'il faut aller ! Voilà qui n'est pas banal, de visiter en plein jour et en toute quiétude l'endroit où l'on a connu une belle frayeur en pleine nuit, ajouta-t-elle en riant.

— Faites seller les chevaux ! ordonna le comte à un domestique. Que l'intendant vienne immédiatement. »

Celui-ci, un homme d'un certain âge, pénétra peu après dans la pièce.

« Nous voulons faire une promenade à cheval aux ruines de Klatka, expliqua le comte. Il nous y est arrivé une aventure en venant ici.

— Le vieux Janko en a parlé, se permit de répondre l'intendant.

— Et que pensez-vous de tout cela ?

— Je ne sais qu'en dire... avoua l'intendant en secouant la tête. En entrant dans ce château, j'étais un jeune homme de vingt ans ; un demi-siècle s'est écoulé depuis, et je suis maintenant un vieillard. Bien des fois le travail m'a mené à proximité des ruines, mais jamais je n'ai vu de mes yeux le *fléau de Klatka*.

— Que dites-vous ? Qui désignez-vous par ce terme ? intervint Franziska, dont l'inclination pour l'aventure était excitée.

— Eh bien... c'est de cette manière que les gens d'ici désignent le fantôme du château ; car on dit qu'un esprit hante ce vieux tas de pierres, qu'on ne peut le voir que la nuit et seulement au clair de lune. »

Franz s'esclaffa : « Rien de plus naturel ! Si les fantômes ne supportent généralement pas la lumière du jour, par une nuit sans lune, on ne verrait rien non plus ! Il est évident que personne n'irait visiter ces ruines à la lumière d'une torche, pour se divertir.

— Il y a pourtant des gens dignes de foi qui affirment avoir vu ce spectre, objecta l'intendant. Des chasseurs et des bûcherons disent qu'ils l'ont aperçu au carrefour, près du chêne noir. Vous devez en effet savoir, messire, que cet endroit précis est le plus mal famé. Ce chêne a été planté pour célébrer la mort de l'homme qui y fut tué, et dont on dit que l'esprit hante les lieux.

— Et qui était cet homme ? demanda Franziska, captivée.

— C'était le dernier seigneur du château ; l'endroit lui servait alors de repaire alors qu'il rançonnait le pays, expliqua le vieillard. Il était d'une force surhumaine, à ce qu'on dit, et si l'on craignait sa cruauté, l'on redoutait plus encore ses accointances avec des pillards turcs qui franchissaient la frontière en bandes. Il s'en prenait particulièrement aux jeunes vierges du pays : s'emparant de celles qui lui plaisaient, il les traînait dans son château, et on n'entendait plus jamais parler d'elles. Quand la mesure de ses abominables crimes fut pleine, toute la province se souleva contre lui, assiégea sa forteresse et finit par le tuer à l'endroit où se trouve le vieux chêne.

— Il est étonnant que le château n'ait pas été incendié et complètement détruit, remarqua le comte.

— C'était un fief de l'Église, et celle-ci empêcha sa destruction, répondit l'intendant. Plus tard, votre arrière-grand-père en devint propriétaire, en vif-gage. Enfin, comme le chevalier de Klatka était de noble lignée, et que sa famille avait usé de son influence, on lui érigea un tombeau majestueux dans l'église proche du château qui maintenant, elle aussi, tombe en ruines.

— Il faut y aller ! Il faut absolument y aller ! s'impatienta Franziska. Des vierges capturées et disparues à jamais, un château fort pris d'assaut, la mort du chevalier, son fantôme qui se promène la nuit auprès du chêne noir, et enfin, notre propre mésaventure ! Tout cela m'attire irrésistiblement !

— Moi aussi, dit Bertha en riant. Aujourd'hui, je partage ton goût pour l'aventure. La journée est belle, le soleil brille, le printemps commence à s'éveiller, les loups se tiennent paisiblement dans les roseaux et les fourrés du bord du lac. Je me sens d'humeur tout à fait aventureuse. »

Dès qu'un domestique vint annoncer que les chevaux étaient sellés, les jeunes filles, riant et plaisantant à propos de ce qui pourrait leur arriver dans les ruines, descendirent en toute hâte l'étroit escalier de pierre qui menait à la cour du château. Franz et le comte les suivirent, ainsi que le serviteur qui affirmait bien connaître la région ; un quart d'heure plus tard, tout le monde se dirigeait vers la forêt.

Le soleil était encore assez haut dans le ciel quand ils aperçurent le donjon de Klatka se dresser au-dessus des cimes des arbres. Dans la forêt, tout était calme et paisible à l'exception du joyeux chant des oiseaux printaniers qui s'ébattaient dans le feuillage des chênes et des hêtres.

Enfin, la compagnie arriva auprès du chêne noir, au pied de la colline où trônait la forteresse encore imposante malgré son délabrement. Autrefois, elle avait été un fort et puissant édifice : deux tours rondes protégeaient sa façade, une autre – plus petite – se dressait au-dessus du porche d'entrée, une autre encore – beaucoup plus haute – dominait le tout. Les murs d'enceinte couronnés de créneaux étaient assez hauts ; ils étaient en partie recouverts de lierre et de ronces, qui avaient enfoncé leurs puissantes racines si profondément dans la muraille que celle-ci avait éclaté par endroits. Tout en haut de la tour, un sorbier des oiseaux, le feuillage vert tendre à peine éclos, se balançait au vent léger.

Tous mirent pied à terre. Le valet resta auprès des montures, tandis que les autres gravissaient le chemin menant au château fort. Les lianes qui recouvraient l'ancien sentier, dont on devinait à peine la trace, étaient la preuve qu'il n'était pas fréquenté, ou presque ; Bertha avoua ne pas comprendre comment le mystérieux inconnu avait pu y monter en si peu de temps, et si facilement, comme elle avait pu le voir. La cour, où la société pénétrait à présent, était très vaste. Elle était cerclée de bâtiments assez imposants, mais qui, pour la plupart, n'avaient plus de toit. Jadis, l'ancien château devait pouvoir héberger une population fort nombreuse.

Les visiteurs entrèrent dans des couloirs à ciel ouvert en s'armant de vigilance : des poutres en surplomb menaçaient de s'effondrer à tous moments. Seul l'un des bâtiments paraissait relativement sûr ; son toit assez bien conservé l'avait protégé des intempéries. Ils pénétrèrent alors dans de grandes salles au sol de brique où l'on pouvait remarquer, au-dessus des fenêtres comme au centre de la voûte, le blason des anciens seigneurs : un corbeau en vol, sculpté dans la pierre. Mais c'était bien tout ce qui restait de quelque ornementation ou décor, et nulle part il n'y avait trace de mobilier.

Le petit groupe finit par quitter l'ancien logis – où l'on s'était longtemps attardé sur l'insistance de Franziska qui tenait absolument à retrouver la trace du mystérieux inconnu –, et tout le monde se dirigea vers les ruines de l'église attenante. Le vieux monument gothique avait mieux résisté au temps et aux intempéries. Certes, le narthex et la nef étaient constellés de gravats, mais le chœur était bien conservé, et l'ensemble était toujours couvert d'un toit. L'autel, ainsi qu'une sorte de tribune à l'extrémité opposée – probablement la place d'honneur réservée dans l'église à la famille des anciens châtelains –, étaient également en parfait état. Depuis la nef, un escalier de pierre menait à la tribune ; d'ici courait une galerie, dont la balustrade était constituée de sculptures de pierre ajourées, jusqu'au chœur. Il devait s'y trouver une deuxième loge, mais elle s'était écroulée et seuls quelques corbeaux de pierre saillaient encore du mur. Des vitraux multicolores qui, jadis, avaient orné la maison de Dieu, ne restaient que quelques fragments dans les remplages feuillus, à travers lesquels le vent s'engouffrait bruyamment.

La petite assemblée déchiffra alors les inscriptions d'une foule de pierres tombales encastrées dans les murs de l'église. Elles honoraient la mémoire d'anciens seigneurs que l'on y voyait en armure, le heaume sur la tête ou à leurs pieds, mais aussi de femmes et d'enfants de tous âges. Le corbeau volant, ainsi que d'autres blasons, ornaient les angles.

Une pierre tombale, tout près de l'entrée du chœur, se distinguait nettement des autres. L'image de celui à qui l'on avait dressé ce monument n'y était pas sculptée, et l'inscription, toujours chez les autres d'une éloquence élogieuse, était ici très sobre : il y était simplement écrit qu'Ezzelin de Klatka était mort en chevalier alors qu'il défendait son château fort.

« Voilà la pierre tombale du chevalier dont le fantôme loge prétendument dans les ruines ! s'écria Franziska. Dommage qu'il ne soit pas représenté comme les autres sur sa pierre tombale, j'aurais bien aimé savoir à quoi il pouvait ressembler.

— Il y a là-bas une crypte où le soleil couchant brille à travers une ouverture », déclara Franz qui revenait à l'instant de la sacristie contiguë au chœur.

Tous suivirent le jeune homme. Ils descendirent un étroit escalier de huit ou dix marches, et pénétrèrent dans une salle assez aérée, où des cercueils de toutes tailles étaient entreposés, certains côte à côte, d'autres en longues rangées, d'autres encore déjà effondrés. Près de l'entrée, l'un d'entre eux paraissait moins décrépit et portait l'inscription :

Ezzelinus de Klatka, eques

Tous restèrent assez longuement dans la crypte, car aucun relent de caveau ne les en chassait. En remontant l'escalier pour regagner l'église, on s'entretenait encore sur la famille des anciens châtelains, dont le comte se souvenait maintenant avoir entendu parler, par ses parents, durant son enfance. Le soleil était déjà couché et la pleine lune levée, lorsque l'on s'apprêta à quitter l'église. Bertha arrivait dans le narthex lorsqu'elle poussa un petit cri de surprise.

Il y avait là un homme qui portait un chapeau à la plume tombante, une épée au côté et un court manteau, de coupe assez démodée, jeté sur ses épaules. Le reste de son costume, une sorte de justaucorps ou de pourpoint, s'accordait avec cette tenue. L'inconnu était appuyé nonchalamment contre un pilier près de l'entrée et avait le regard dans le vague, tandis que la lune éclairait son visage blême.

Tous firent cercle autour de lui.

« Si je ne m'abuse, commença le comte, nous nous sommes déjà rencontrés. »

L'autre ne répondit pas.

« C'est vous, reprit Franziska, qui nous avez miraculeusement sauvés de la fureur des loups ! Je pense que nous devons au moins vous remercier pour votre aide.

— Les bêtes ont peur de moi, déclara alors l'inconnu d'une voix grave et rauque, fixant la jeune fille tout en ignorant les autres.

— Alors, vous êtes chasseur, assurément, déduisit Franz. Vous devez infliger de sérieuses pertes dans les rangs du gibier.

— Qui n'est soit gibier soit chasseur ? C'est l'un ou l'autre. Chacun de nous traque ou bien est traqué. Et le destin traque tout le monde, répondit l'inconnu sans le regarder.

— Vous vivez dans ces ruines ? demanda le comte.

— Oui, mais pas aux dépens de votre gibier, contrairement à ce que vous pourriez croire, cher comte de Fahnenberg, répondit l'inconnu, qui paraissait presque sarcastique. Soyez sans crainte, je ne porte pas atteinte à vos biens…

— Ce n'est pas ce que voulait dire mon père ! assura Franziska, interrompant l'inconnu auquel elle portait manifestement un vif intérêt. Vous avez sûrement connu de malheureux coups du sort et de bien tristes expériences pour séjourner en ces lieux déserts. Mon père ne vous en chassera en aucun cas.

— Votre père est fort bon, si c'est là ce qu'il voulait dire », lâcha l'étranger d'un ton égal.

Alors que ses traits sombres esquissaient un sourire, il ajouta :

« En outre, les gens de mon espèce sont difficiles à déloger…

— Vous devez vivre ici de façon très inconfortable, reprit Franziska, quelque peu troublée par la rudesse de l'homme.

— Ma demeure n'est pas à proprement parler inconfortable, seulement un peu exiguë… Mais tout à fait convenable pour des gens tranquilles, expliqua-t-il sur le ton de la dérision. Toutefois, je ne suis pas exactement d'un tempérament tranquille, et je ressens parfois le violent désir de quitter mon étroit ermitage. Alors, je cours par les bois et les prés, par monts et par vaux, à travers champs, et l'heure où je dois retourner dans ma demeure étriquée vient toujours trop tôt.

— Lorsque vous quitterez votre demeure, comme vous dites, commença le comte, je vous inviterais bien à nous rendre visite, si j'étais sûr…

— ... que mon rang soit digne de votre compagnie », termina l'inconnu.

Ces propos étonnèrent le comte, car ils reflétaient exactement sa pensée.

« Je regrette, poursuivit l'homme d'un ton glacial, de ne pouvoir vous donner sur ce point les informations les plus exactes – certaines circonstances s'y opposent –, mais soyez assurés que je suis un noble chevalier, et d'une lignée au moins aussi ancienne que la vôtre.

— Alors, vous n'avez pas le droit de refuser notre invitation ! s'écria Franziska, qui semblait apprécier les provocations excentriques de l'inconnu. Il faut absolument nous rendre visite !

— Je ne suis pas d'un commerce très gai, c'est pourquoi l'on m'invite peu, répondit-il en souriant singulièrement. En outre, je passe toute la journée enfermé dans mon logement : c'est alors que je me repose. Je fais partie de ces gens qui confondent volontiers la nuit et le jour, et j'aime l'insolite, l'extraordinaire.

— Vraiment ? Moi aussi ! Voilà une bonne raison d'accepter ! s'exclama Franziska. Maintenant, ajouta-t-elle en riant, il me semble que c'est l'heure de votre lever, et que vous faites votre promenade matinale. Eh bien, si la lune est votre soleil, venez contempler notre château quand elle brillera. Nous trouverons de l'agrément, je pense, à lier connaissance.

— Est-ce vraiment là ce que vous voulez ? M'invitez-vous expressément ? s'enquit l'homme d'une voix ferme et résolue.

— Certainement, sinon vous ne viendrez pas, assura la jeune fille avec aplomb.

— Soit, je viendrai donc, promit-il, la fixant toujours. Si ma compagnie vous déplaît, vous serez seule responsable d'avoir invité quelqu'un qui s'impose rarement, mais dont il est malaisé de se débarrasser. »

À ces mots, il fit un léger geste de la main, comme pour prendre congé, puis il sortit rapidement de la nef et disparut entre les ruines.

Quelques secondes plus tard, ils entendirent la voix du valet à l'extérieur. Tous se précipitèrent vers le porche, croyant qu'il les appelait ; mais il s'adressait en réalité aux chevaux, devenus brusquement nerveux et dont l'un venait de rompre ses rênes. À l'entendre, l'apparition d'un homme dévalant la colline les avait effarouchés. Dès lors, il avait eu toutes les peines du monde à les retenir, puis à les calmer. Il voulait interpeller l'impudent, ajouta-t-il, mais celui-ci avait déjà disparu dans les bois. Là-dessus, tout le monde se remit en selle et prit le chemin du retour au trot des chevaux.

Le lendemain soir, la compagnie était rassemblée dans la grande salle du château. Bertha était très heureuse : le chevalier Woislaw avait écrit de Hongrie que la campagne contre les Turcs était terminée, et qu'il lui était permis de rentrer en Silésie. Comme il avait appris que le comte de Fahnenberg se trouvait dans son fief de Carniole, il avait décidé de s'y rendre ; il supposait que Bertha avait accompagné son amie. Il laissait également entendre que la faveur et la confiance de son duc lui permettaient de nouvelles ambitions, et que le champ de ses activités serait encore plus étendu. Toutefois, il conduirait auparavant sa Bertha à l'autel et ne la quitterait plus – du moins, plus à cause des Turcs. Parmi tous les objets précieux arrachés aux Ottomans et les cadeaux que le chevalier avait reçus de son seigneur, il s'en trouvait un qui était assez singulier. Bertha ne pouvait oublier que le chevalier Woislaw avait autrefois perdu la main droite en combattant pour le duc, qu'il avait bien essayé de manier l'épée de la main gauche sans succès et que, finalement, un habile artisan lui avait fabriqué une main de fer, aussi utile qu'imparfaite. Eh bien, à présent, son maître lui avait offert une œuvre d'art extraordinaire : une *main d'or*, façonnée par un Italien d'une extrême habileté. Le chevalier la décrivait comme une trouvaille prodigieuse. Car, précisait-il, elle renfermait un mécanisme qui, lorsqu'il maniait la lance ou l'épée, donnait à son bras une force étonnante, bien plus puissante que celle de son poing de chair ; presque celle d'un géant.

Franziska partagea la joie de son amie qui avait longtemps attendu des nouvelles de son fiancé, et, pour taquiner Franz une fois de plus, elle se mit à célébrer la bravoure et l'énergie du chevalier en louant ses mérites, y compris la terrible balafre de son visage et la perte de sa main. Pour finir, Franziska confia d'un ton mutin qu'un homme un peu laid lui avait toujours paru plus séduisant qu'un homme beau ; la plupart des hommes dits beaux étaient généralement prétentieux, peu virils, et parfois même un peu sots. Ainsi, continua-t-elle, personne n'aurait dit que leur nouvel ami de la veille était beau, mais il était singulièrement séduisant. Ce que Franz et Bertha contestèrent d'une seule voix : son allure sinistre, la pâleur mortelle de son visage, le timbre de sa voix, rappela cette dernière, avaient quelque chose d'étrangement inquiétant et repoussant. Pour sa part, Franz lui reprochait son ton provocant et sarcastique. Le comte se fit plus nuancé ; selon lui, on ne pouvait nier qu'il y eût dans sa personne quelque chose de chevaleresque qui trahissait la noblesse de l'homme, sans que l'on ne pût le qualifier pour autant de courtois ou d'aimable. Cet homme avait sans doute vécu des expériences assez rudes, ce qui imposait une certaine prudence avant de porter un jugement.

C'est alors que la porte s'ouvrit à la volée, et que l'homme dont on était en train de parler fit irruption dans la pièce.

« Excusez-moi, comte, lança-t-il froidement, de venir, si ce n'est sans être invité, du moins sans être annoncé. Il n'y avait personne dans l'antichambre pour le faire. »

Le brillant éclairage permettait d'observer l'individu en détail. C'était un homme d'environ quarante ans, de haute taille, mais extrêmement maigre. Les traits de son visage avaient quelque chose d'audacieux, d'énergique, mais l'impression qu'ils produisaient n'était pas agréable. Il se dégageait de lui un certain mélange de sarcasme et de moquerie, que soulignait encore l'expression singulière de ses yeux gris, dont le regard perçant était presque insoutenable. Son teint était plus étrange encore. Sa peau semblait sèche, parcheminée et comme tendue directement sur les os. On ne pouvait la décrire comme jaune ou pâle, c'était plutôt une sorte de blanc grisâtre, presque sale en quelque sorte, comme celle d'un Oriental qui aurait longuement souffert de fièvre ; ce qui rendait sa barbe pointue, noire comme le charbon, d'autant plus insolite. Son costume était celui d'un chevalier, mais il était également suranné, voire négligé pour un homme de son âge : la cuirasse légère sous le pourpoint de cuir présentait de grandes taches de rouille, et le poignard comme la poignée de son épée – quoique de métal noble et de précieuse facture – étaient par endroits couverts de vert-de-gris.

Comme on était sur le point de passer à table pour dîner, l'on invita l'étranger ; s'il accepta, il resta toutefois assis parmi les convives sans absorber une seule bouchée. Le comte, fort surpris, lui en demanda la raison.

« Il y a longtemps, très longtemps, que je me suis accoutumé à ne pas dîner, expliqua-t-il avec un étrange sourire. Mon estomac a perdu l'habitude des nourritures solides, et ne pourrait guère les digérer. Je ne vis presque que de liquides.

— Eh bien, vidons ensemble un gobelet de vieux vin du Rhin ! s'écria le maître de maison.

— Je vous remercie, messire, mais mon estomac ne supporte absolument pas le vin », s'excusa le chevalier, avant d'ajouter avec une certaine ironie : « Pas plus qu'aucune autre boisson froide.

— Alors, je vais vous faire préparer une coupe d'hypocras ! Il ne sera pas long à préparer, dit Franziska.

— Merci, ma belle demoiselle, merci beaucoup. Si je suis dans l'obligation de refuser le breuvage que vous m'offrez pour l'instant, soyez assurée que je vous en réclamerai dès que j'en ressentirai le besoin... celui-là ou un autre. »

Franz et Bertha étaient totalement rebutés par le physique et l'attitude de l'homme. Son perpétuel sourire ironique leur ôtait toute envie de converser avec lui, mais plus encore, son regard les intimidait : ses yeux brillaient d'un éclat fiévreux, et son regard était si perçant qu'il en était presque insoutenable. Par politesse, mais également par curiosité, Franz s'adressa à lui :

« Il y a maintenant quatre semaines que nous nous sommes rencontrés, vous nous avez alors rendu un fier service...

— Et je ne vous ai pas encore dit mon nom, le coupa sèchement l'autre. Mon nom est Azzo, et – il s'exprimait toujours en souriant –, puisqu'avec l'autorisation du comte de Fahnenberg, j'habite le château de Klatka, vous pourrez désormais m'appeler Azzo de Klatka.

— Je m'étonne seulement que vous ne mouriez pas de peur dans ces vieilles murailles, s'enquit Bertha. J'ai du mal à comprendre...

— Ce que je peux bien avoir à y faire ? Oh, je vous l'apprendrai bien volontiers, puisque, comme ce jeune homme, vous portez un aimable intérêt à ma personne. »

La réponse fit sursauter Franz et la demoiselle, car il

avait deviné leurs pensées aussi exactement que s'il avait lu dans leur âme.

« Voyez-vous, mademoiselle, il y a toutes sortes de gens bizarres sur cette terre. Comme je vous l'ai déjà dit, j'aime ce qui est insolite, particulier, ou plutôt, ce que *vous*, vous pourriez trouver insolite. Mais au fond, on a tort de s'étonner de ceci ou de cela ; en pleine lumière, tout est pareil. Même la vie et la mort, car l'au-delà et l'ici-bas se confondent plus que vous ne le pensez. Bien sûr, vous pouvez me trouver assez fou, parce que je niche avec les hiboux et les chouettes dans ce vieux tas de cailloux. Mais alors, pourquoi ne pas tenir pour fous les anachorètes ou les ermites qui vivent dans les bois ? Vous me direz que ce sont des hommes pieux, des saints. Ce que je ne suis certes pas, mais de même que ceux-là tuent le temps en prières et en psalmodies, mon passe-temps à moi, c'est la chasse. Oh, vous ne sauriez imaginer le plaisir de courir, sur un cheval infatigable, à travers bois et forêts à la pâle clarté de la lune, et puis taïaut ! À la poursuite du loup hurlant qui, dès qu'il sent ma présence – vous l'avez vu – se sauve tel un petit chien qui craindrait le fouet.

— Mais tout de même, c'est un lieu solitaire, très solitaire, que vous habitez ! répliqua Bertha.

— Oui, pendant le jour, certainement, mais alors je dors ! dit le chevalier. Et la nuit, je vous l'ai dit, il est bien plus animé.

— Vous avez une curieuse façon de pratiquer la chasse, remarqua Franz.

— Oui, mais ce n'est pas pour autant que je fréquente les brigands, comme vous semblez le supposer. »

Franz tressaillit ; cette pensée lui avait en effet traversé l'esprit.

« Oh, je vous en prie ! reprit le jeune homme. Décidément, je ne sais pas…

— Ce que vous devez penser de moi ? compléta l'autre. Vous ferez donc bien d'accepter ce que je vous dirai de moi, ou bien de vous abstenir d'autres pensées stériles.

— Je vous comprends ! Je sais, moi, apprécier vos goûts, si personne d'autre ne le fait ! lança vivement Franziska. Vous détestez la vie ordinaire, banale, des gens qui vous entourent. Vous avez goûté les joies et les plaisirs de la vie – du moins ce qu'on nomme tel – et vous les avez trouvés insipides. Que l'on se lasse vite de ce que l'on voit continuellement autour de soi ! La vie, c'est le changement. Ce n'est que dans la nouveauté, l'inhabituel, l'insolite, que la fleur de l'esprit s'épanouit et répand son parfum. Même la douleur peut se changer en plaisir, si elle nous sauve du fade quotidien ordinaire, qui me répugne.

— Très juste, belle demoiselle ! Très juste ! Ne renoncez jamais à ces sentiments, qui ont toujours été aussi les miens et m'ont valu les plus grands bonheurs ! approuva le chevalier Azzo dont l'œil étincelait. Je suis doublement heureux d'avoir trouvé en vous quelqu'un qui partage mes façons de voir. Oh, si vous étiez un homme, vous seriez pour moi un compagnon parfait ! Mais une femme peut elle aussi connaître ces expériences, dès lors que ces idées naissent dans son esprit et se changent peu à peu en actes. »

L'ironie était trop évidente pour échapper à Franziska ; elle rougit de la tête aux pieds et déclara, quelque peu embarrassée :

« Je vois, chevalier. Vous êtes de ces hommes qui pensent être privilégiés dans toutes les questions importantes que pose la vie. Dès que les femmes revendiquent un millième de ce droit, ils se croient obligés de le leur refuser.

— Vous êtes très injuste envers moi, se défendit le chevalier. Je peux vous assurer en vérité que je suis extraordinairement heureux que vous partagiez mes vues sur la vie et ses plaisirs ; je souhaite seulement que vous puissiez juger d'expérience les plaisirs que m'offre ma façon de vivre. »

Aussitôt, le chevalier changea brusquement de sujet ; il ne s'adressait maintenant plus qu'au comte, pour traiter de son séjour dans la région. Puis, après avoir aimablement salué le comte et Franziska, mais ne gratifiant le reste de l'assemblée que d'une froide inclinaison de la tête, il prit congé avant même que la table ne fut levée. Le comte ayant renouvelé son invitation et Franziska la sienne, il promit qu'il se manifesterait certainement plus souvent que ne le présumait leur bonté.

Dès que le chevalier eut quitté la pièce, l'assemblée se répandit en diverses remarques sur sa personne et sur sa nature singulière. Le comte répéta que son allure extérieure, pourtant négligée, révélait tout de même son rang et son éducation. Son goût pour les aventures et les plaisirs l'avaient sans doute conduit à opter pour un mode de vie certes bien différent de tout ce que l'on connaissait. Bertha avoua ne pas savoir si elle devait éprouver de la pitié ou de l'aversion envers cet homme dont la présence avait pour elle quelque chose de terriblement angoissant ; elle osait à peine le regarder dans les yeux, car il lui semblait qu'il était capable de deviner ses pensées dès qu'elle les avait conçues. Franz prit totalement parti contre l'étranger, exprimant une franche antipathie. De son élocution à son sourire ironique, tout dans sa personne lui déplaisait au plus haut point ; il le considérait comme un aventurier, qui avait sans doute de bonnes raisons de se terrer dans les ruines de Klatka.

Que ce soit seulement pour contredire son cousin – comme elle en avait l'habitude – ou bien parce qu'elle commençait à être séduite, Franziska défendit le chevalier avec la plus grande véhémence : il n'était pas charitable de le critiquer ainsi, alors qu'il avait sûrement été conduit à se retirer dans un lieu si désert par un hasard extraordinaire. Ce ton, que Franz qualifiait de péremptoire, témoignait seulement d'une connaissance aiguë de la vie, acquise au cours d'une longue et riche expérience ; il l'exprimait de façon directe parfois, mais jamais par prétention. Enfin, elle reconnaissait n'avoir jamais rencontré d'homme qui lui eût fait une telle impression dès le premier regard, et ce malgré son physique plutôt ingrat. Comme Franz la contredisait plus vivement que d'habitude, Franziska se lança dans des discours encore plus excessifs, et peut-être aurait-elle fini par être cruelle si un serviteur n'était entré dans la pièce avec une information étrange.

En arrivant, expliquait-il, l'étranger avait fait conduire le cheval noir qu'il montait dans l'écurie du château ; mais les autres chevaux qui s'y trouvaient étaient devenus si nerveux, avaient tant rué et botté qu'il avait fallu le faire sortir. La monture du comte avait reçu un coup dans la bousculade, et en était sortie épaulée. Lorsqu'on avait signalé l'incident au chevalier avant son départ, il avait répondu en souriant que sa selle était recouverte d'une peau de loup encore un peu fraîche, ce qui avait sans doute effarouché l'écurie, et qu'il viendrait désormais à pied.

Le lendemain matin, Franziska resta au lit plus longtemps que d'habitude. Lorsque son amie se rendit dans sa chambre, inquiète de savoir s'il lui était arrivé quelque chose, elle la trouva pâle et languissante. Franziska se plaignit d'avoir passé une fort mauvaise nuit. Elle ressentait une affreuse lassitude, en même temps qu'une sorte d'agitation fiévreuse qui faisait bouillonner son sang. En outre, un rêve qui semblait être la conséquence de la discussion qu'elle avait eue avec Franz à propos de l'inconnu l'avait profondément tourmenté. Bertha, comme toujours, prit le parti du jeune homme, arguant que cette conversation somme toute banale à propos d'un homme que personne ne connaissait et sur lequel chacun avait bien le droit d'avoir une opinion, ne pouvait l'avoir bouleversée de la sorte. Du reste, proposa Bertha, Franziska n'avait qu'à lui raconter ce songe. À son grand étonnement, son amie commença par refuser.

« Dis-moi au moins ce qui te retient de me raconter un rêve, un simple rêve ! J'ai presque envie de croire, si ce n'était par trop absurde, que le pauvre Franz n'a pas tout à fait tort de penser que cet étranger – malgré son aspect cadavérique – t'attire plus que tu ne le penses.

— Franz a dit cela ? Alors, dis-lui qu'il a raison. Oui, cet étranger maigre, cadavérique, desséché et extravagant me paraît plus séduisant que mon cousin aux joues roses, bien habillé, toujours serviable et ennuyeux.

— Mon Dieu ! J'ai du mal à m'expliquer la fascination presque magique que cet homme, que je trouve tout à fait repoussant, exerce sur toi.

— Peut-être que si je le défends, c'est justement parce que vous autres lui êtes tellement hostiles, sans la moindre raison ! Oui, c'est certainement cela, car il ne viendrait sûrement pas à l'esprit d'une personne sensée que c'est son physique qui plaît à mes yeux. Mais, ajouta-t-elle tout à coup en riant, et tendant la main à Bertha, n'est-il pas vraiment ridicule qu'à cause de cet inconnu, je me dispute aussi avec toi – avec Franz, je me le pardonne plus volontiers –, et qu'il me gâche ma matinée, après l'avoir fait de ma soirée et de ma nuit.

— Tu parles du rêve ? », demanda Bertha, rassurée.

Elle s'installa sur la couche de son amie, l'enlaça et l'embrassa sur la joue.

« Allez, raconte-moi ! Tu sais bien que j'adore ce genre de récit.

— Eh bien, je vais le faire, ce sera ma punition pour avoir été un peu dure envers toi ! dit Franziska, prenant les mains de son amie dans les siennes. Alors écoute : j'allais et venais dans ma chambre depuis un assez long moment. Il était près de minuit. Je finis par me coucher, mais je ne pouvais dormir et ne cessais de me tourner d'un côté et de l'autre. Enfin je m'endors, épuisée. Mais de quel sommeil ! Au fond de moi-même, j'étais sans cesse parcourue de frissons d'angoisse : je voyais une foule de formes indistinctes, comme lorsque j'étais malade, étant petite. Je ne sais toujours pas si je dormais ou si j'étais à demi éveillée. Puis je fis un rêve – mais aussi vivace que si j'étais complètement éveillée : un brouillard emplit soudain ma chambre, et de ce brouillard surgit le chevalier Azzo ; il me contempla pendant un moment, puis s'agenouilla lentement et déposa un baiser sur mon cou. Ses lèvres y restèrent longtemps posées, et je ressentis une légère douleur, mais qui devint de plus en plus intense, jusqu'à devenir insupportable. Je fis un effort immense pour repousser loin de moi cette apparition, mais je n'y parvins qu'après un long moment. J'avais sans doute crié en dormant, car il me sembla que je m'étais tirée moi-même du sommeil. Dès que je fus un peu plus éveillée, je me trouvai dans un état d'angoisse et de fébrilité indescriptible ; j'avais encore l'impression, alors que j'avais déjà ouvert les yeux et repris conscience, de voir la silhouette d'Azzo devant mon lit, qui se dissolvait peu à peu dans le brouillard et flottait vers la porte de ma chambre.

— Quel affreux cauchemar tu as dû faire, ma pauvre petite… Mais qu'est-ce que… ? s'interrompit Bertha. Regarde ! Comme c'est étrange ! Une marque rouge sur ton cou ! »

Franziska se leva, se dirigea vers un petit miroir fixé à la fenêtre dans un cadre de métal. En effet, elle vit une petite marque sur son cou, longue d'environ un pouce et large d'une ligne, qui lui fit un peu mal quand elle la toucha.

« J'ai dû, je ne sais comment, me blesser en dormant, conclut-elle après un moment. Je ne comprends pas comment cela a pu se produire, mais c'est probablement l'explication de mon rêve. »

Après avoir longuement parlé de l'incident, Bertha finit par taquiner gaiement son amie à ce sujet.

Plusieurs semaines s'écoulèrent. Le comte avait plus à faire qu'il ne le pensait et son départ, qui devait avoir lieu après un mois, fut repoussé à une date indéterminée ; toutefois, l'état maladif presque permanent de Franziska contribua également à cet ajournement. La jeune fille, qui naguère brillait comme une rose épanouie dans l'éclat de sa jeunesse, devenait de jour en jour plus languissante, lasse, maigre, et si pâle qu'au bout d'un mois, plus une goutte de sang ne colorait la tendre peau de ses joues habituellement si vermeilles. Le comte était extrêmement inquiet, et l'on eut recours à une foule de remèdes, de ceux que permettait la science des apothicaires – le plus souvent des charlatans – et l'isolement de cette région peu civilisée. Sans le moindre succès. Si Franziska n'était pas tenue de garder constamment le lit, elle y passait tout de même la majeure partie de la journée ; il n'était plus question de ces promenades quotidiennes qu'elle affectionnait tant. Il était malaisé de reconnaître dans cette silhouette muette, pâle, errante et chancelante, la jeune fille auparavant si vive qui parcourait les environs sans se fatiguer. Il ne restait presque rien de ce physique hier encore si charmant, hormis ses beaux yeux ; mais son regard était enfiévré, comme c'est parfois le cas chez les malades qui souffrent de consomption.

Malgré tout le souci qu'il se faisait pour sa fille, le comte était tellement affairé qu'il ne pouvait lui consacrer chaque jour que quelques heures de son temps. Bertha et Franz lui tenaient compagnie d'autant plus fidèlement. L'ardeur inlassable avec laquelle ce dernier s'appliquait à faire oublier son état à Franziska, l'attention qu'il portait à ses désirs, l'angoisse avec laquelle il guettait ses expressions pour juger de son état de santé, le chagrin qui était le sien lorsqu'il pensait devoir s'en inquiéter, ou bien sa joie quand il croyait pouvoir fonder de nouveaux espoirs – tout cela était si manifeste et jaillissait si spontanément du fond de son être que cela fit la plus profonde impression sur la jeune fille. Elle avait commencé par déclarer que le comportement du jeune homme tenait moins à un amour sincère qu'à la mollesse naturelle de son caractère ; mais il devenait évident pour elle que le jeune homme souffrait véritablement, et en raison de son état de santé. Un jour qu'il avait parcouru plusieurs lieues à cheval – par un temps épouvantable – pour exaucer une simple lubie de sa cousine, Bertha lui avait reproché sa mauvaise foi ; la jeune fille avait soudain rendu les armes :

« Tu as raison ! avait-elle lâché. Une fois que l'on a été injuste envers quelqu'un, on s'enfonce de plus en plus ; on veut se persuader d'avoir eu raison. Pour rien au monde je ne m'humilierai en lui avouant mes torts, mais quand je serai morte, Bertha, quand je serai morte, alors tu pourras lui dire que je l'avais compris, et que j'avais compris aussi que je n'étais pas digne de son amour. »

Franziska éclata en sanglots, et son amie dut lui promettre de ne rien dire à Franz pour le moment, sous aucun prétexte.

Ce changement d'attitude inquiéta beaucoup Bertha, même si en d'autres circonstances, elle s'en serait fort réjouie. La douceur que la malade manifestait désormais était pour Bertha le signe d'un relâchement, d'un affaiblissement sensible de ses forces vitales. D'autres signes la confortèrent bientôt dans cette opinion. Il lui semblait parfois que l'imagination de son amie était, si ce n'est perturbée, du moins singulièrement exaltée. Franziska se plaignait que le rêve qu'elle lui avait déjà raconté se répétait sans cesse, et qu'à chaque réveil, elle ressentait une faiblesse indescriptible. Naturellement, Bertha mettait cela au compte de la fièvre, mais son influence sur l'imagination de Franziska ne faisait que l'inquiéter davantage.

Le chevalier Azzo renouvelait ses visites de temps à autre. Il venait toujours le soir, au moment où la lune brillait. Son comportement était toujours égal : laconique, d'une froide politesse envers le comte, sarcastique et malveillant envers Franz et Bertha (surtout envers le premier), mais l'amabilité même avec Franziska. Souvent, dès qu'il quittait la maison, la conversation portait sur ses bizarreries. En dehors de ses discours qui exprimaient, comme l'affirmait Bertha, une froide animosité contre l'humanité entière excepté Franziska, deux choses les frappaient. La première, c'était qu'il ne se laissait jamais convaincre de porter à ses lèvres la moindre bouchée de nourriture ni la moindre goutte de boisson, sans que l'on puisse trouver la moindre raison à cette abstinence. La seconde, c'était la transformation manifeste de son aspect physique : sa peau, d'ordinaire si sèche, parcheminée et terreuse, devenait souple, vivante, et une légère coloration rougissait même ses joues, qui étaient devenues plus pleines et plus rondes.

Mais Bertha disait souvent que son visage, qui auparavant ressemblait bien plus à celui d'un mort qu'à celui d'un vivant, lui répugnait maintenant encore davantage ; elle sentait toujours un frisson traverser son être quand son œil perçant se posait sur elle. Peut-être l'aversion de la jeune fille y était-elle pour quelque chose, peut-être était-ce aussi la façon dédaigneuse avec laquelle Azzo s'adressait à Franz, semblant délibérément ignorer ses remarques ou lui manifestant du mépris ; Franz, en dépit de sa nature réservée, nourrissait de plus en plus de ressentiment à l'égard du chevalier. Le jeune homme avait remarqué que, dès qu'il s'adressait à Franziska en présence d'Azzo, ce dernier ironisait ou lançait une pique qui déformait ce qu'il venait de dire, retournant complètement le sens de son propos. Cela empirait de jour en jour, au point que Franz finit par déclarer en présence de Bertha qu'il était décidé à ne plus jamais tolérer ce comportement de la part du chevalier, et que s'il ne lui en avait pas déjà demandé raison, c'était uniquement par égard pour Franziska.

C'est alors que la société du château accueillit un nouvel hôte, que Bertha attendait depuis longtemps. On venait de s'attabler pour le dîner lorsque le chevalier Woislaw, le fiancé de celle-ci, entra tout à coup dans la salle. Tout le monde bondit pour accueillir joyeusement ce vieil ami. Le chevalier était l'exemple parfait du soldat endurci, trempé comme l'acier dans les combats contre les hommes et les éléments. Son visage aurait pu être qualifié de beau, si un sabre turc n'avait tracé en son travers, de l'œil droit à la joue gauche, une balafre qui ressortait en rouge sang sur sa peau brunie par le soleil oriental. Le « châtelain de Glogau » aurait presque pu être qualifié de colosse en raison de sa stature. Rares étaient ceux qui auraient pu porter une cuirasse aussi lourde, et parmi eux, plus rares encore étaient ceux qui auraient pu se mouvoir avec une telle aisance. C'était sa plus belle tenue d'apparat ; il n'en était pas peu fier, car le Palatin de Hongrie lui en avait fait cadeau lorsqu'il avait quitté l'armée. L'acier bleuté était entièrement recouvert d'ornements en or ; et, pour paraître le plus majestueux possible devant sa fiancée, le chevalier portait également la main d'or que son duc lui avait donnée, tandis qu'à son autre main, par symétrie, brillait un gantelet richement paré d'or.

Le comte et Franz questionnèrent le chevalier Woislaw sur tous les détails de la campagne. Il dut raconter tous les combats auxquels l'armée de Silésie avait participé. Il apparut que la campagne avait été très favorable cette année-là, si on en jugeait par le butin de guerre. Le chevalier laissa entendre que ce n'était plus la nécessité, mais l'affection seule qui le liait à son duc : avec ce qu'il avait gagné, il pouvait s'acheter une propriété. C'était d'ailleurs là tout ce que souhaitait son cœur, avait-il ajouté. Il avait toujours voulu se prémunir, ainsi que Bertha, contre les caprices du prince, ce qui était impossible tant qu'il restait un vassal à sa solde. Woislaw parla longuement de la bravoure et de la force des Turcs dans les combats individuels, d'homme à homme, et il pensait qu'il devait beaucoup à la main artificielle que lui avait offerte le duc. Même si la force de son bras était à la mesure de sa stature herculéenne, il aurait toujours souffert de l'absence de cette main malgré la prothèse d'acier de ce bon artisan de Nuremberg. Le mécanisme logé dans la main d'or, pour laquelle le duc avait payé une forte somme, était au-delà de tout ce que l'on pouvait imaginer ; sa puissance, grâce à ses ressorts et à ses vis, s'en trouvait décuplée, si bien que les Turcs avaient cru y voir quelque chose de surhumain, ou l'effet d'une magie.

Dès qu'il posa les yeux sur Franziska, son état maladif, sa pâleur mortelle et son épuisement le frappèrent, lui qui avait connu la jeune fille si fraîche, si joyeuse et si espiègle autrefois. Il s'enquit donc très précisément de sa santé. Bertha lui raconta tout, et le chevalier Woislaw sembla vivement intéressé. Le récit du rêve récurrent porta sa curiosité à son comble, et Franziska dut le lui raconter dans les moindres détails. Il ne pouvait s'arrêter de lui poser des questions ; il était évident qu'il lui était arrivé personnellement une chose semblable, ou du moins qu'il en avait entendu parler. Lorsque Bertha mentionna la blessure au cou de Franziska – qu'elle avait remarquée juste après le premier cauchemar de la jeune fille –, le chevalier scruta sa fiancée de manière étrange ; il semblait que ce détail particulier confirmait l'opinion qu'il se forgeait de la maladie de la jeune fille.

La conversation dériva ensuite sur le chevalier Azzo, au sujet duquel les convives s'exprimèrent avec animation. Tout comme il avait cherché à connaître les moindres détails de la maladie de Franziska, Woislaw s'informa avec précision de tout ce qui concernait le chevalier, depuis le premier instant de leur rencontre jusqu'au dernier soir, sans toutefois jamais exprimer le moindre avis personnel.

La discussion battait son plein lorsque la porte s'ouvrit : Azzo fit son entrée. Woislaw fixa l'arrivant, lequel s'installa à table sans prêter une attention particulière à l'hôte qu'il ne connaissait pas. Il s'entretint alors presque exclusivement avec le comte et Franziska, s'adonnant à son ironie habituelle dès que Franz parlait. Avec Woislaw, Azzo n'échangea pas un mot de plus que ce qu'exigeait la politesse traditionnelle, et même lorsqu'il fut de nouveau question de la campagne contre les Turcs, il se borna à quelques remarques banales.

Il s'était fait tard, et tous se levèrent. Franz déclara en souriant à Woislaw qu'il n'était pas étonnant que le jour se soit levée pendant ces récits, car ils étaient particulièrement intéressants.

« Le jeune monsieur a tout à fait raison, railla Azzo en se tournant vers Woislaw. C'est sur la terre ferme que les récits de tempêtes et de naufrages sont les plus plaisants à entendre, et ceux de batailles et de mort devant une table, ou derrière le poêle. Ces derniers vous procurent bien souvent le délicieux sentiment d'avoir sauvé votre peau, et avec les premiers, on ne risque même pas d'attraper un rhume. »

À ces mots, il éclata d'un rire rauque, tourna le dos à Franz, s'inclina devant la compagnie et prit la porte.

Le comte, qui avait coutume de raccompagner Azzo, prétendit qu'il était fatigué et quitta la pièce.

« Quelle odieuse insolence que celle de cet homme ! souffla Bertha lorsque le reste de la compagnie fut entre soi. Ce misérable devient de jour en jour plus prétentieux, plus grossier, plus mal élevé. Et même s'il n'y est pour rien, je le hais de toute mon âme de peupler ainsi les cauchemars de Franziska. Lors de sa dernière visite, a-t-il adressé une seule syllabe à quelqu'un d'autre qu'à elle, et à mon oncle, autre chose que quelques mots insignifiants ?

— Je ne peux pas te donner tort, Bertha, approuva son amie. On peut pardonner bien des choses à un homme qu'un triste destin a pu rendre misanthrope, mais pas le mépris des bonnes manières... Mon Dieu, où est Franz ? », s'interrompit la jeune fille, balayant la pièce du regard avec effroi.

Tandis que Bertha parlait, le jeune homme avait discrètement quitté la pièce.

« Il n'aura tout de même pas suivi le chevalier pour lui chercher querelle ? demanda Bertha, inquiète.

— Alors, il vaudrait mieux pour lui qu'il entre dans la cage d'un lion et lui tire la crinière ! » s'exclama Woislaw en se levant brusquement.

Le chevalier se rua hors de la pièce, emprunta le couloir pour sortir du château et traversa la cour. Là, une étroite passerelle avec un parapet peu élevé franchissait la douve qui encerclait le château. Apparemment, Franz avait déjà interpellé le chevalier ; lorsque Woislaw s'approcha, sans ralentir, mais dissimulé par l'ombre de la muraille, il entendit Azzo déclarer d'une voix sourde :

« Laisse-moi tranquille, jeune écervelé. Laisse-moi, car sous ce soleil – il désignait la pleine lune qui venait de se lever au-dessus du donjon –, si tu demeures ne serait-ce qu'un instant en travers de mon chemin, tu ne verras plus ces rayons pâlir.

— Et moi, je te dis, misérable, que tu vas me rendre raison de ton insolence, ou bien tu mourras ! », fulmina Franz en tirant son épée du fourreau.

D'une seule main, Azzo saisit la solide épée du jeune homme par le milieu de la lame, et elle se brisa comme un roseau.

« Je t'avertis pour la dernière fois ! dit le chevalier d'une voix terrible, en lançant les débris de l'épée dans le fossé. Maintenant écarte-toi ! Ôte-toi de mon chemin, jeune freluquet, ou bien – par tous les morts de l'enfer – ce sera ta perte.

— Ce sera toi ou moi ! Toi ou moi ! »

Franz, comme pris de folie, se jeta sur l'épée de son adversaire pour la tirer de son fourreau. Azzo ne répondit que par un éclat de rire discordant, puis il saisit Franz pardevant, le souleva en l'air comme un enfant sans défense, et allait le jeter dans la douve quand Woislaw arriva auprès d'eux. D'une seule empoignade de sa main artificielle, il saisit le bras du chevalier Azzo, le fit plier et l'obligea à lâcher sa victime. Azzo était au comble de la surprise. Sans plus se soucier de Franz, il dévisagea Woislaw avec stupéfaction.

« Qui es-tu, créature énigmatique, pour être capable de m'arracher ma proie ? Serait-ce possible, serais-tu par hasard…

— Ne pose pas de question, homme sanguinaire ! Va

chercher ta nourriture. Ton heure viendra bientôt, lança calmement Woislaw, d'un ton résolu.

— Ah ! je le sais maintenant ! s'exclama Azzo. Bienvenue, frère de sang ! Je t'abandonne ce vermisseau que, par égard pour toi je n'écraserai pas. Adieu ! Nos chemins se croiseront à nouveau bientôt.

— Bientôt, en effet ! Adieu ! », répondit Woislaw, attirant Franz à lui.

Et Azzo disparut dans les ténèbres.

Durant quelques instants, Franz resta comme étourdi ; il se redressa soudain, comme sortant d'un rêve.

« Je suis déshonoré ! Déshonoré à jamais ! rugit-il, se frappant le front de ses deux poings.

— Calmez-vous ! Vous ne *pouviez* pas le vaincre !

— Mais je dois le faire, ou bien je suis perdu ! hurla Franz, hors de lui. J'irai chercher ce monstre dans sa caverne, et il faudra qu'il meure de mes mains, ou moi, des siennes.

— Ne vous méprenez pas, rétorqua gravement Woislaw. Dans tous les cas, vous seriez sa victime.

— Alors, indiquez-moi le moyen de faire payer cet homme ! supplia Franz, saisissant les deux mains du chevalier tandis que des larmes de colère jaillissaient de ses yeux. Je ne peux survivre à une telle offense !

— Vous serez vengé. Et vous le serez, je l'espère, d'ici vingt-quatre heures. Mais à deux conditions.

— Je les accepte ! Je ferai tout ce que…

— La première, c'est que vous ne fassiez rien du tout, et que vous m'abandonniez toute l'affaire, l'interrompit Woislaw. La seconde, c'est que vous persuadiez Franziska de suivre mes indications nécessaires et urgentes. Sa vie est encore plus menacée que la vôtre.

— Comment ? demanda Franz, affolé. Franziska est en danger ? Et par la faute de cet homme ? Dites-moi, chevalier, qui est donc cet homme abominable ?

— Je ne vous en dirai pas un mot. Ni à vous ni à la demoiselle d'ailleurs, avant que le danger ne soit écarté, proclama Woislaw avec force. Le moindre faux pas nous ferait échouer. Seule Franziska peut agir, sans quoi elle est perdue irrémédiablement.

— Parlez et je vous aiderai ! Je ferai tout ce que vous voudrez, mais il faut que je sache…

— Rien ! Absolument rien ! répliqua Woislaw. Vous devez m'obéir sans condition, ainsi que la jeune dame. Maintenant, allez retrouver Franziska. Vous ne raconterez rien de ce qui s'est passé, vous insisterez seulement pour qu'elle accepte mes recommandations. »

Woislaw employa un ton si ferme que Franz ne fit pas la moindre objection. Les questions qui se bousculaient dans son esprit restèrent sans réponses, et, quelques minutes plus tard, ils entrèrent tous deux dans la grande salle où les jeunes filles les attendaient avec impatience.

« Je me suis terriblement inquiétée, soupira Franziska, encore plus pâle que d'habitude, tendant la main à Franz. J'espère que tout s'est passé sans éclat !

— Tout est parfaitement en ordre ! Il a suffi de quelques mots pour que tout reprenne son cours normal, dit Woislaw. D'ailleurs, Franz était moins concerné que vous, mademoiselle.

— Moi ? Que voulez-vous dire ? s'étonna Franziska.

— Je veux parler de votre maladie, expliqua Woislaw.

— Et c'est de cela que vous avez parlé avec Azzo ? Est-ce qu'il connaît un remède qu'il n'aurait pas osé me révéler lui-même ?

— De fait, le chevalier Azzo va devoir contribuer à votre guérison. Mais il ne peut vous en parler sans que le remède perde de sa vertu, assura tranquillement Woislaw.

— C'est donc un mystérieux arcane, comme dirait le

médecin qui me gave depuis si longtemps de ses médicaments qui me rendent encore plus malade…

— Mystérieux, certes, mais curatif cette fois, répondit Woislaw.

— C'est ce que tout le monde me dit toujours, et rien ne m'a secourue !

— Tu pourrais juste essayer… tenta Bertha.

— Pourquoi ? Parce que c'est ton ami qui le propose ? Je ne doute pas que pour plaire au chevalier, tu avalerais toutes les gouttes et potions de la Terre, même sans souffrir de la moindre maladie. Mais moi, je n'ai pas la même raison de le faire que toi, et par conséquent pas non plus la même foi.

— Il n'est pas question de médicament, répondit Woislaw.

— Un remède magique, alors ! Merveilleux. On veut que je sois traitée – comment disait déjà le charlatan qui est venu récemment ? – *per sympathiam* ?

— Libre à vous de le nommer ainsi, je ne m'y oppose pas, répondit le chevalier en souriant. Mais sachez que ce remède doit être appliqué à la lettre, en suivant les règles les plus strictes.

— Ne m'en croyez-vous pas capable ?

— Mais certainement, dit Woislaw. Cependant…

— Eh bien, de quoi me pensez-vous dépourvue ? De courage ?

— Il vous en faudra, c'est certain, assura Woislaw gravement. C'est parce que je vous en crois capable que je vous propose ce traitement. Je vous garantis, sur ma vie, qu'il est sans danger et efficace, mais à condition que vous l'appliquiez strictement, selon mes consignes.

— Très bien. Dites-moi le nom de ce remède, et j'aviserai.

— Je ne le pourrai qu'au moment de le mettre en œuvre.

— Me prenez-vous pour une enfant que l'on promène ? s'indigna Franziska avec sa véhémence habituelle.

— C'est me faire une grande injustice de croire que je vous imposerais quelque chose qui ne soit pas commandé par la stricte nécessité, déclara le chevalier. Néanmoins, je ne peux que répéter ce que j'ai déjà dit.

— Alors, je ne le ferai pas. J'ai essayé tant de médecines en vain…

— Je vous donne ma parole de chevalier que vous serez guérie ! Mais il faut absolument que vous exécutiez ce que je vous prescrirai, dit Woislaw.

— Fais-le, Franziska ! insista Bertha en prenant les mains de son amie dans les siennes. Notre ami ne peut rien te prescrire de mauvais.

— Permettez que je joigne mes prières à celles de Bertha, ajouta Franz.

— Comme vous êtes bizarres ! jugea Franziska en secouant la tête.

— Je garantis le succès, répéta le chevalier, si vous acceptez ma proposition sans réserves et si, surtout, vous avez le courage de la mettre en pratique.

— Ah, je comprends maintenant ! C'est de ce dernier point dont vous doutez ! Pour vous prouver que notre sexe ne manque ni d'énergie ni de volonté, je vous donne mon accord. »

Elle tendit la main au chevalier.

« Voilà donc notre accord scellé, conclut-elle en souriant. Et maintenant, dites-moi, chevalier Woislaw, que dois-je faire pour commencer cette cure mystérieuse ?

— Elle a commencé à l'instant même où vous m'avez donné votre accord ! expliqua Woislaw avec solennité. La première chose dont je dois vous prier, c'est de ne plus me poser de questions ; mais tenez-vous prête à m'accompagner demain pour une promenade à cheval, une heure avant le coucher du soleil, et sans personne à nos côtés. Je vous prie aussi de ne rien dire de tout cela à votre père.

— Que c'est étrange !

— Vous avez donné votre accord, vous ne manquez pas de courage et je réponds de tout, martela le chevalier.

— Bien, c'est entendu, je vous suis, répondit la jeune fille.

— À notre retour, vous saurez tout. Avant, ce n'est pas possible. Maintenant, mademoiselle, reposez-vous. Vous aurez besoin de force pour demain. »

Le lendemain matin, alors que le soleil s'était levé à l'horizon depuis près d'une heure, et que la rosée recouvrait encore les herbes d'un voile perlé, tombant en gouttelettes des fleurs qui se balançaient dans le vent léger du matin, le chevalier Woislaw se hâta à travers prés en direction de la forêt. Il s'engagea sur un sentier ténébreux qui menait au donjon de Klatka, que l'on apercevait au-dessus des cimes des vieux chênes noueux.

Dès que le chevalier fut arrivé au chêne noir, il examina soigneusement le chemin qui montait, humide de rosée. Il y recherchait des traces de pas, mais seules les empreintes d'un cerf étaient visibles. Il traversa le chemin vers les épais fourrés, examinant la rosée sur l'herbe et sur les lianes de ronces entrelacées. Il parut satisfait de ses observations, mais tira de son fourreau le solide poignard qui pendait à sa ceinture, avant de l'y replonger, comme pour s'assurer de sa présence.

Woislaw arpenta à pas lents le chemin qui montait au château. Il portait un petit paquet sous son manteau. Arrivé dans la cour intérieure, il laissa les ruines du logis à sa gauche et se rendit dans celles de l'église. Une fois dans le chœur, il regarda autour de lui, comme s'il cherchait quelque chose. Le soleil de cette belle matinée de printemps entrait par les fenêtres, et le feuillage sculpté jetait ses ombres entrelacées sur les grandes dalles de pierre qui recouvraient le sol. Dans ce sanctuaire abandonné, régnait un silence de mort, parfois interrompu par le murmure des feuilles d'un vieil érable qui se dressait contre le mur du cimetière et qu'agitait le vent du matin.

Après avoir longuement scruté les alentours, le regard du chevalier tomba sur la porte latérale, ouverte sur l'escalier menant à la crypte. Il y descendit. Le soleil était suffisamment bas pour que ses rayons percent à travers les étroits orifices permettant le passage de l'air ; il faisait si clair dans cette salle souterraine que l'on pouvait facilement lire les inscriptions sur les plaques de cuivre et d'étain fixées à la tête ou au pied des cercueils. Après avoir déposé sur le sol le petit paquet qu'il tenait dissimulé sous son manteau, le chevalier alla de cercueil en cercueil, et s'arrêta enfin devant le plus ancien. Il lut attentivement l'inscription, puis il tira lentement son poignard, avec lequel il tenta de défaire les vis du couvercle. Ce qui fut fait en un instant, car le fer ne tenait pas solidement dans le bois vermoulu. Woislaw souleva avec précaution le couvercle. Un petit tas de cendres, quelques lambeaux de vêtements, un crâne – voilà tout ce qu'il contenait. Le chevalier le referma prestement. Il examina sans y toucher un cercueil qui, d'après son inscription, était celui d'une femme, ainsi que deux cercueils d'enfants. Il s'approcha du suivant et l'ouvrit à son tour. Si le cadavre paraissait encore bien conservé à l'ouverture du cercueil, il s'effondra bientôt en un tas de cendres d'où ne dépassaient que des morceaux de toile et d'ossements.

Le chevalier examina ainsi le troisième, le quatrième, et une demi-douzaine encore des cercueils suivants. Certains cadavres s'étaient changés en momies racornies à la peau d'un jaune brunâtre, d'autres ne restait qu'un crâne couvert de moisissure ricanant dans son lit de velours, de soie ou de broderies verdies par endroits. Mais tous portaient les marques effroyables de la décomposition.

Il ne restait qu'un cercueil à ouvrir. Woislaw s'en approcha et lut l'inscription. C'était celle qui avait attiré l'attention du comte : Ezzelin von Klatka, le dernier seigneur du château. Cette bière-ci était plus solide que les autres, et Woislaw eut beaucoup de mal à défaire les vis pourtant rongées par la rouille. Lorsqu'enfin – au prix de grands efforts – il y parvint, il déposa le couvercle sans faire de bruit, comme s'il craignait de réveiller quelqu'un. Dès que ses yeux se posèrent sur le cadavre, un « ha ! » involontaire s'échappa de ses lèvres et il recula instinctivement de deux pas.

Dans le cercueil gisait Azzo en chair et en os, tel que Woislaw l'avait vu la veille encore à la table du comte. Son aspect, son vêtement, tout était pareil. En outre, il avait plutôt l'apparence d'un homme endormi que d'un cadavre : aucune trace de décomposition. Ses joues étaient même légèrement vermeilles. Seul le fait que sa poitrine ne se soulevait pas au rythme de la respiration prouvait qu'il ne dormait pas.

Woislaw ne put y jeter que quelques coups d'œil ; le rude soldat, qui avait vu plus d'un sabre étinceler au-dessus de sa tête, était bouleversé. Il fronçait ses épais sourcils d'un air sombre, ses joues brunes pâlissaient, faisant ressortir sa balafre rouge sang. Avec un empressement qui ne lui était pas coutumier, le chevalier saisit à nouveau le couvercle ; il lui échappa des mains et tomba sur le sol. L'homme le rattrapa et le reposa vite sur le cercueil, puis planta les vis dans leurs trous. En toute hâte, il fit tourner les tiges de métal à l'aide de son poignard, et sa précipitation était si grande qu'il se blessa assez profondément la paume de la main. Dès qu'il en eut fini, il saisit le petit paquet qu'il avait laissé par terre en entrant, le posa sur le cercueil, gravit les marches de l'escalier quatre à quatre, sortit en courant de l'église, et bientôt aussi des ruines, sans s'arrêter.

La journée s'écoula. Avant le soir, Franziska demanda à son père la permission de faire visiter les environs au chevalier Woislaw. Le comte voulut voir dans le désir de sa fille le signe que son état s'améliorait, aussi les accompagna-t-il tous les deux jusqu'à la porte du château. Ils partirent à cheval accompagné d'un unique domestique et prirent le chemin de la forêt.

Woislaw était plus grave et silencieux que d'habitude. Lorsque la jeune fille plaisanta sur sa mine solennelle et le taquina à propos de la cure, le chevalier lui rappela que leur projet était extrêmement sérieux, et que même si le succès était assuré, l'opération n'en aurait pas moins une grande influence sur son avenir.

C'est ainsi qu'ils arrivèrent près du chêne noir, où ils attachèrent leurs montures. Woislaw offrit alors son bras à Franziska, et tous deux gravirent la colline à pas lents et silencieux. Lorsqu'ils parvinrent sur la plateforme d'un bastion à demi détruit, d'où l'on avait une vue sur toute la campagne, le chevalier déclara, comme s'il se parlait à lui-même :

« Dans un quart d'heure, le soleil sera couché ; dans une heure, la lune sera levée. Il faudra alors que tout soit accompli. Il sera bientôt l'heure de commencer notre ouvrage.

— Eh bien, ce sera aussi l'heure de me donner des éclaircissements.

— Certes, mademoiselle, certes, admit-il en se tournant vers elle. Je vous en conjure, Franziska von Fahnenberg, pour votre bien comme pour l'amour que vous portez à votre père, lequel tient à sa fille unique de toute son âme : veuillez vous pénétrer de mes paroles, et ne me questionnez pas avant que l'ouvrage soit accompli. Votre vie est dans le plus grand danger à cause de la maladie dont vous souffrez. Je n'aurais pas exigé cela de vous, et même, je l'avoue franchement, j'aurais renoncé à vous sauver, si je n'avais pas considéré votre courage habituel et si je ne connaissais pas la force de votre volonté. Maintenant, promettez-moi de faire absolument ce que je vous dirai ! Je vous en donne ma parole de chevalier, ce n'est pas contre Dieu, ni contre l'honneur de votre maison, et c'est le seul moyen de guérir. »

En prononçant ces derniers mots, le chevalier tendit à la demoiselle sa main cuirassée, la main gauche levée comme pour prêter serment.

« Je le promets, jura Franziska, émue, en posant sa main fine, pâle et amaigrie dans celle du chevalier.

— Alors, venez ! Il est temps. »

Il conduisit la jeune fille vers les ruines de l'église ; les derniers rayons du soleil tombaient à travers les vitraux brisés. Ils entrèrent dans le chœur, la partie la mieux conservée de l'église. En dehors des pierres tombales encastrées dans les murs, il s'y trouvait encore quelques stalles noircies par le temps, ainsi que le maître-autel. Ce dernier était plutôt à l'état de vestige : le retable, les ornements et le revêtement avaient disparu.

« Dites un *Ave*, vous en aurez besoin », ordonna Woislaw en tombant à genoux.

Franziska s'agenouilla à côté du chevalier et dit une courte prière.

Peu après, ils se relevèrent.

« C'est le moment ! dit Woislaw.

— Que dois-je faire ?

— Vous voyez la crypte ouverte, là-bas ? Vous allez y

descendre. Vous irez seule, car je n'ai pas le droit de vous accompagner. Quand vous y serez, vous verrez un cercueil juste en face de l'entrée, sur lequel se trouve un petit paquet. Vous ouvrirez ce paquet : il renferme trois longs clous de fer et un marteau. Vous attendrez un instant, mais dès que je commencerai à réciter le *Credo* à voix haute, alors de toutes vos forces, vous planterez un clou verticalement dans le cercueil, à travers le couvercle, jusqu'à la tête, et puis le second, et enfin le troisième. »

Franziska sembla frappée par la foudre. Elle tremblait de tout son corps, incapable de prononcer le moindre mot. Woislaw s'en aperçut.

« Ressaisissez-vous, mademoiselle ! Songez que vous êtes dans la main de Dieu et que, sans Sa volonté, il ne peut vous être fait le moindre mal. Je vous le répète, il n'y a aucun danger.

— Je vais le faire, dit-elle en reprenant courage.

— Quel que soit le bruit que vous entendrez dans le cercueil, poursuivit le chevalier, il ne faut en aucun cas vous laisser impressionner. Enfoncez-y les clous de toutes vos forces, sans vous laisser distraire. Cette opération doit être achevée avant que j'aie fini ma prière. »

Franziska frémit, mais se ressaisit aussitôt.

« Je le ferai. Dieu m'en donnera la force, souffla-t-elle.

— Encore une chose, hésita Woislaw. Peut-être est-ce là la chose la plus difficile de toutes celles que j'attends de vous, mais cela doit être fait. Quand vous aurez fait ce que je vous ai dit, alors – il marqua un temps d'arrêt –, alors un liquide suintera du cercueil. Plongez-y vos doigts, et humectez-en la plaie de votre cou qui refuse de se refermer et ne cesse de vous faire souffrir.

— Quelle horreur ! s'exclama Franziska. Ce liquide, c'est du sang ! Il y a un être humain dans ce cercueil !

— C'est un monstre qui s'y trouve ! Ce sang, c'est le

vôtre, mais il coule dans d'autres veines ! Ne tardez plus, le temps presse ! »

Rassemblant toutes ses forces physiques et mentales, Franziska se dirigea vers les marches qui menaient à la crypte, et le chevalier Woislaw s'agenouilla devant l'autel pour une nouvelle prière muette. Quand la jeune fille fut arrivée en bas, elle se trouva devant le cercueil signalé par le petit paquet. La crypte était encore plongée dans la pénombre. Tout était calme, tout était paisible. Franziska prit une profonde inspiration, s'approcha du cercueil et ouvrit le paquet posé dessus. Il contenait trois clous de fer pointus, longs d'environ un pied, et un lourd marteau. Alors, la voix forte du chevalier s'éleva tout à coup dans l'église, se brisant en mille échos contre les voûtes. Franziska sursauta, effrayée ; c'était la prière qu'il entonnait, et qui résonnait jusque dans les profondeurs. Rapidement, elle saisit l'un des clous et, d'un coup de marteau, l'enfonça d'environ un pouce dans le couvercle du cercueil. Tout était silencieux, on n'entendait rien que l'écho du coup de marteau. Redoublant de courage, la jeune fille saisit le marteau à deux mains, frappa deux coups violents l'un après l'autre, et le clou pénétra dans le cercueil jusqu'à sa tête.

À cet instant, un bruit se fit à l'intérieur, on aurait dit que quelqu'un y bougeait, se défendant tout à coup de toutes ses forces. Franziska, terrifiée, se rejeta en arrière. Elle allait jeter le marteau loin d'elle, et remonter l'escalier pour fuir ce lieu ; mais le chevalier éleva si fortement la voix, et celle-ci était si pressante, si suppliante, que Franziska se précipita vers le cercueil d'un mouvement violent, comme on bondirait vers la cage ouverte d'un lion pour la fermer au mépris de tous les dangers. Sans comprendre vraiment son geste, elle planta de la main gauche un deuxième clou à côté du premier, qu'elle frappa de toutes ses forces de plusieurs coups de marteau, jusqu'à ce que lui aussi fût profondément enfoncé.

Dans le cercueil, le vacarme s'amplifiait, de la façon la plus effroyable : ce qu'il y avait à l'intérieur rassemblait ses forces pour se frayer un chemin vers l'extérieur. Le cercueil en était tellement ébranlé que tous ses éléments grinçaient et craquaient. Comme prise de folie, Franziska s'empara du dernier clou. Elle ne pensait plus à sa maladie, en proie à ce danger terrible qu'elle ne pouvait nommer. La terreur était sur le point de lui faire perdre ses esprits quand, au milieu des chocs, des craquements et des sanglots provenant du cercueil, avec une frénésie proche de la fureur, elle enfonça le troisième clou. Ce fut à cet instant qu'elle perdit son sang-froid. Elle voulut faire demi-tour, courir vers l'escalier, mais elle se mit à chanceler. Elle agita les bras pour retrouver l'équilibre, et, cherchant à se retenir, agrippa un angle de la bière avant de perdre connaissance.

Près d'un quart d'heure s'était écoulé lorsqu'elle rouvrit les yeux. Au-dessus d'elle, il y avait le ciel étoilé, la lune déversait sa lumière froide sur les ruines du vieux château fort et les cimes des chênes. Elle se tenait dehors, proche du mur de l'église, et le chevalier Woislaw était agenouillé auprès d'elle, tenant sa main droite dans les siennes.

« Dieu merci, vous êtes vivante ! s'écria-t-il. J'aurais été au désespoir, si je vous avais mal conseillée, et pourtant, c'était la seule chose qui pût vous sauver. »

La jeune fille ne reprenait connaissance que progressivement. Les événements lui apparaissaient comme un mauvais rêve. Quelques minutes plus tôt, c'était encore cette scène terrible, et maintenant ce calme, cette paix alentour. Elle osait à peine ouvrir les yeux et frémit en réalisant qu'elle était encore tout près de l'endroit où elle avait éprouvé cette terreur effroyable. Peu à peu, elle retrouva ses forces. Encore un peu étourdie, elle entendait tantôt les paroles apaisantes de son protecteur, tantôt le valet qui sifflotait au loin, près des chevaux, et tuait le temps en imitant le chant nocturne d'une grive attardée.

« Partons d'ici ! murmura Franziska, en essayant de se relever. Mais qu'est-ce donc ? Mon épaule est mouillée, mon cou, ma main…

— C'est la rosée de la nuit sur l'herbe ! dit Woislaw.

— Non ! C'est du sang ! s'écria la jeune fille avec horreur en se levant d'un bond. Voyez, chevalier, ma main en est couverte.

— Vous vous trompez ! Vous vous trompez sans aucun doute ! Ou bien la plaie de votre cou se serait-elle rouverte ? Je vous en prie, touchez-la pour savoir si c'est le cas. »

Le chevalier saisit la main de Franziska et la porta vivement à l'endroit désigné.

« Je ne remarque rien ! Je ne ressens aucune douleur, remarqua-t-elle, déconcertée.

— Vous vous serez blessée aux ferrures du cercueil, ou bien aux clous pointus en vous évanouissant.

— Oh, que me rappelez-vous là ! frémit Franziska. Partons d'ici ! Je ne resterai pas un instant de plus près de ce lieu effroyable. »

Tous deux dévalèrent le chemin du château, Woislaw hissa la jeune fille sur son cheval, et ils reprirent aussitôt le chemin du retour.

Lorsqu'ils arrivèrent, Franziska assaillit le chevalier de questions ; mais celui-ci déclara qu'elle était trop bouleversée pour entendre ses réponses, et qu'il fallait attendre le lendemain. Le chevalier conduisit aussitôt la jeune demoiselle à sa chambre, et dit au comte que sa fille était trop fatiguée de sa promenade à cheval pour paraître au dîner.

Le lendemain, Franziska se leva plus tôt que d'habitude.

Elle assura à son amie que, pour la première fois depuis longtemps, elle se sentait reposée après sa nuit de sommeil, et, ce qui était encore plus remarquable, qu'elle n'avait pas été tourmentée de cauchemars. Bertha ne fut pas la seule à être frappée par sa vitalité ; Franz et le comte le furent également. Aussi, avec la permission de Woislaw, Franziska raconta les événements de la veille. Tous assaillirent alors le chevalier de questions.

« Avez-vous jamais, demanda ce dernier au comte, entendu parler de *vampires* ?

— Souvent, en effet, mais je n'y ai jamais cru.

— Je n'y croyais pas non plus, avant que les faits ne m'aient convaincu de leur existence.

— Oh, racontez-nous donc comment ! », supplia Bertha, qui apparemment commençait à se douter de quelque chose.

« C'était lors de ma première campagne en Hongrie, commença le chevalier. Ce coup d'épée dont un vaillant janissaire m'avait frappé au visage, et un second, qui m'avait blessé à l'épaule, m'avaient rendu inapte au combat pendant quelque temps. J'étais alors hébergé par une famille assez aisée dans une petite ville. Elle se composait du père, de la mère et d'une fille d'une vingtaine d'années. Ces gens gagnaient leur vie en vendant l'excellent vin de cette région, et leur taverne était toujours pleine de clients.

« Bien que, comme je l'ai dit, cette famille fût aisée, il y régnait toujours une grande tristesse, en raison de l'état maladif permanent de leur fille unique, une jeune fille très jolie et fort pieuse. Autrefois, celle-ci s'épanouissait comme une rose, mais, en quelques mois, elle avait maigri jusqu'à n'être plus qu'un squelette, sans que nul n'en sût la cause. On employa tous les moyens pour rétablir sa santé, en vain. Comme l'armée avait pris ses quartiers tout près de là, une foule d'inconnus de différentes nations fréquentaient la taverne. Parmi eux, un homme à l'allure singulière venait chaque soir; il avait le teint terreux, desséché, ne parlait presque pas, ou alors toujours sur un ton amer et sarcastique. Mais le plus étrange, c'était qu'il demandait toujours un gobelet du meilleur vin, qu'il portait de temps à autre à ses lèvres, mais après son départ – il ne venait qu'au clair de lune sans jamais rester plus d'une heure –, on retrouvait son gobelet toujours plein.

— Tout cela correspond parfaitement aux façons du chevalier Azzo ! s'enthousiasma Bertha.

— La fille de la maison, poursuivit Woislaw, était de plus en plus mal en point sans que l'on pût jamais en déterminer la cause, malgré toute la peine qu'on se donnait pour cela ; on avait fait appel à des médecins chrétiens, mais également à des païens prisonniers. Il est en effet bien connu qu'on rencontre parmi eux des gens parfaitement versés dans toutes sortes de pratiques de magie noire et d'arcanes mystérieux. Chose étrange, la jeune fille se plaignait sans cesse d'un rêve, dans lequel l'inconnu de l'auberge la torturait et la tourmentait.

— Comme toi, Franziska ! s'écria Bertha.

— Un beau soir, continua Woislaw, j'étais installé devant un verre de vin en compagnie d'un vieux Slavon qui avait navigué maintes fois entre la Grèce et la Turquie, et même jusque dans le Nouveau Monde. Voilà que l'inconnu entre dans la salle et s'assied à la table, silencieux comme à l'accoutumée. Le gobelet allait et venait sans relâche entre le Slavon et moi, et nous sommes de plus en plus absorbés par notre conversation. Il parle des Turcs qui embrochaient les Grecs comme des grives, des Indiens du Nouveau Monde, et de l'or qui envahit le rivage, des pépites grosses comme le poing – même si lui-même n'avait jamais trouvé de tels cailloux. Je lui raconte des choses curieuses sur la "province", comme nous autres Silésiens aimons appeler notre pays, de vieilles histoires sur le duc Jean de Sagan qui fit mourir de faim son frère Balthasar à Priebus, et qui avait demandé aux chanoines qui l'avaient exclu de la communion, sur le pont de Glogau : "Messires, voulez-vous chanter ou sauter ?" ; ainsi que toutes sortes d'autres histoires divertissantes et plaisantes. Ainsi, nous bavardons une heure et vidons force chopines.

« Mais l'inconnu était resté coi comme à son habitude, se contentant parfois de sourire avec dédain ; puis il paya et s'apprêta à partir. La colère me monta alors à la tête – c'était peut-être aussi le vin – et je déclarai à l'inconnu : "Arrêtez, convive de pierre ! Jusqu'ici, vous n'avez fait qu'écouter sans même vider votre verre. C'est votre tour de nous divertir, et si vous ne videz votre verre, nous prendrons cela pour une offense." "Oui, s'écria le Slavon, vous devez rester, bavarder et boire !" Et à ces mots, il saisit l'étranger par l'épaule – car même s'il n'était plus très jeune, il n'en était pas moins grand et solide comme un chêne – pour le forcer à se rasseoir. Mais l'autre, bien que maigre comme un squelette, envoie le Slavon d'un seul geste de la main jusqu'au milieu de la salle où il tombe à terre, et sur le moment en oublie de se relever. Alors j'interviens pour retenir l'étranger : je le saisis par le poignet, et bien que ma main de fer fût moins puissante que celle dont je me sers actuellement, il se peut que, dans l'ardeur de la bagarre, je l'aie serré un peu fort, car l'inconnu, qui m'avait d'abord regardé d'un air mauvais, se pencha alors vers moi et me susurra à l'oreille : "Laisse-moi partir ! Je reconnais à la force de ta main que tu es mon frère. Ne m'empêche donc pas d'aller chasser mon repas de sang. J'ai faim." Surpris par ces paroles, je le lâche, et en un clin d'œil le voilà dehors. À peine suis-je un peu remis de ma surprise, que je répète au Slavon ces paroles incompréhensibles pour moi. Il en fut épouvanté. Je vis qu'il était au fait de la chose, et je le pressai de m'expliquer les paroles de l'étranger. Ce qu'il fit sur le chemin du retour. "L'étranger, me dit-il, est un *vampire* !"

— Comment ? s'écrièrent le comte, Franziska et Bertha, horrifiés. Alors Azzo, lui aussi…

— C'est bien cela ! C'en est un, lui aussi ! répondit le chevalier. En tout cas, on a quand même mis un terme à son diabolique dessein ; il ne reviendra pas. Mais écoutez la suite.

« Comme, dans mon pays, on ne sait rien des vampires, je posai toutes sortes de questions au Slavon. Celui-ci me dit qu'en Hongrie, en Carniole, en Dalmatie et en Bosnie, ces esprits infernaux ne sont pas chose rare. Il s'agit de morts qui ont eux-mêmes servi de nourriture aux vampires ; ils sont morts en état de péché mortel ou d'excommunication, et dès que la lune est levée, ils sortent de leurs tombes pour sucer le sang des vivants dans la nuit. Une personne dont le vampire s'est nourri se consume et décline lentement jusqu'à la tombe, et rien ne peut la sauver à moins d'emprisonner le vampire dans son tombeau. Ce qui n'est possible qu'en plantant trois clous de fer dans son cercueil tandis qu'on récite le *Credo*, à l'heure où le jour et la nuit se séparent.

— Quelle horreur ! s'écria Franziska. Si vous m'aviez tout dit, je n'aurais pu accomplir cette tâche.

— Je le savais bien, et pourtant cela devait être fait par la personne blessée elle-même, tandis qu'une autre dit la prière, répondit Woislaw. Le Slavon me raconta encore bien des choses sur ces diaboliques esprits tourmenteurs. Ainsi, il me dit que tandis que sa victime s'amaigrit, le vampire forcit visiblement, pour prendre une force surhumaine… »

Franz lui coupa la parole : « Je m'explique maintenant la

méprise due à votre bras artificiel...

— C'était cela ! acquiesça Woislaw. Azzo, comme l'autre vampire, a cru que la force de ma main était naturelle, et il en a déduit que j'étais des leurs. Vous pouvez dès lors imaginer, noble Franziska, à quel point votre état m'a alarmé lorsque je suis arrivé. Tout ce que Bertha et vous m'aviez raconté, avait éveillé mon attention. Aussi, dès que je vis Azzo, je n'eus plus aucun doute : c'était un vampire. Son aspect, son comportement étaient tout à fait semblables à ceux de cet inconnu dont je vous ai parlé.

« La scène avec Franz m'en a donné la certitude. Comme vos aventures près des ruines m'avaient indiqué où chercher la tombe d'Azzo, je ne doutais plus de votre guérison, à condition que je puisse vous convaincre d'y participer. Vous dévoiler toute la vérité m'était impossible : vos forces physiques déjà amoindries auraient été anéanties par la description de ce qui allait se passer.

— Vous avez bien fait, chevalier, affirma Franziska en tremblant. Si j'avais su tout cela, je n'en aurais pas été capable.

— Je m'en doutais... répliqua Woislaw. En outre, nous avons eu de la chance : si vous ne vous étiez pas trempée dans le sang du vampire qui coulait à flots du cercueil, alors que vous étiez inconsciente, votre blessure ne se serait jamais refermée, comme me l'avait expliqué le Slavon.

— Et qu'est devenue la malheureuse jeune fille de Hongrie ? s'enquit Bertha.

— Je ne le sais pas ! confessa Woislaw. Cette nuit-là, les Turcs vinrent répandre la peur dans la contrée et il nous fallut partir ; je n'ai plus jamais entendu parler d'elle. »

On s'entretint encore longtemps de ce sujet. Le comte décida que la crypte où reposait le corps d'Azzo serait murée à jamais. Ce qui fut fait dès le lendemain, sous le prétexte de respecter le repos des morts.

La santé de Franziska était si ébranlée qu'il lui fallut un long moment avant que ses forces ne lui reviennent complètement et que tout danger soit écarté avec certitude. Pendant ce temps, le caractère de la jeune fille semblait avoir subi un profond changement. Son ancienne vivacité s'était quelque peu éteinte, mais elle avait fait place à une douceur bienfaisante, soulignant les qualités que seuls ses proches, auparavant, étaient en mesure d'apprécier.

Franz lui témoignait toujours autant d'affection, mais il était moins souvent présent auprès d'elle : il représentait le seigneur dans les affaires concernant ses vastes domaines, et les mérites du jeune homme apparurent en pleine lumière. Ses goûts ne le portaient certes pas, comme d'autres jeunes gens, vers la guerre, les batailles ou la quête des honneurs. Il cherchait plutôt à répandre le bien-être et le bonheur parmi ses serfs, et il y consacrait son temps et tous ses efforts. L'activité discrète du jeune homme ne pouvait échapper à Franziska, et il ne fallut pas longtemps pour que le respect qu'elle était forcée d'éprouver malgré elle pour ses nobles desseins se changeât en une inclination, qui ne s'épanouit que lentement, mais n'en devint que plus solide.

Comme le chevalier Woislaw insistait pour emmener Bertha en tant qu'épouse en Silésie, il fut décidé que leurs noces auraient lieu dans la seigneurie, pendant que la famille s'y trouvait. Quelle heureuse surprise pour le comte lorsque Franz et Franziska lui demandèrent eux aussi sa bénédiction, et exprimèrent le désir de célébrer leurs propres noces le même jour ! Ce jour arriva bientôt, et vit l'union de deux couples heureux.